统编高中语文教科书
指定阅读书系

FANGSHENGGECHANG

贺敬之 ◎ 著　　丁国成 ◎ 编选

贺敬之诗新选

上

放声歌唱

长江出版传媒　长江文艺出版社

图书在版编目（ＣＩＰ）数据

贺敬之诗新选. 上，放声歌唱 / 贺敬之著；丁国成编选. -- 武汉：长江文艺出版社，2020.7
（统编高中语文教科书指定阅读书系）
ISBN 978-7-5702-1536-2

Ⅰ. ①贺… Ⅱ. ①贺…②丁… Ⅲ. ①诗集－中国－当代 Ⅳ. ①I227

中国版本图书馆 CIP 数据核字(2020)第 067368 号

责任编辑：施柳柳　李婉莹　　　　责任校对：毛　娟
封面设计：天行云翼·宋晓亮　　　　责任印制：邱　莉　杨　帆

出版：长江出版传媒 ｜ 长江文艺出版社
地址：武汉市雄楚大街268号　　　邮编：430070
发行：长江文艺出版社
http://www.cjlap.com
印刷：湖北新华印务有限公司

开本：640 毫米×970 毫米　　1/16　印张：19.75　插页：1 页
版次：2020 年 7 月第 1 版　　2020 年 7 月第 1 次印刷
行数：9796 行

定价：26.00 元

版权所有，盗版必究（举报电话：027—87679308　87679310）
（图书出现印装问题，本社负责调换）

序

张器友

丁国成老师告诉我湖北长江文艺出版社要出版一部《贺敬之诗新选》，希望我写一个序言。1970年代后期，由于编选《中国当代文学研究资料·贺敬之专集》，我曾与贺老偶有信件往还，因为他一直忙于国家文化部门的工作，所以未敢过多打扰。贺老离休之后，我们的联系多了一些。我曾多次受益于他的关怀，聆听过他的教诲。他对马克思主义的坚定信念和谦逊纯朴的诗人品格，使我感到亲切。我向国成老师表示，晚辈为前辈写序固然不为罕见，只是小子讷于言、拙于思，只能写一点供读者批评的心得体会，获得了他的认可。

贺敬之（1924.11.5—　），曾用笔名艾漠、荆直、贝文子等，出生于山东峄县（今枣庄市台儿庄区）一个贫农家庭。贫苦农家翻身解放的要求，齐鲁大地崇文重学的传统，古运河南北汇通的气象，化育了他反抗不公、纯朴坦荡的性格。1940年，当他还是一个少年的时候，就投奔革命圣地延安，献身于中国革命。毛泽东思想、延安小米和延河水，铸造着他的灵魂和筋骨，丰富了他性格的革命内涵。在此之后，经历抗日战争、解放战争、社会主义革命和建设、改革开放等重大历史时期的斗争风雨和实际锻炼，贺敬之成为社会主义在诗歌领域的一面旗帜。他的艺术创作是他作为共产党员文艺工作者的党性和人格的审美化表现。

贺敬之自1939年发表新诗《北方的子孙》，到现在已经八十个年头。诗人发表这篇作品的时候，还是一个15岁的少年。当时，他正奔走在流亡、救亡的崎岖蜀道上，告别忧郁的过去，和几个向往革命的小伙伴，在弥天的大风沙里，向革命圣地延安进发。此前，他还写有《夜二章》《我们的行列》《跃进》等作品，抒写投奔革命的青春激情。"到延安去！"成了他诗歌道路上的第一串音符、第一声呼喊。

来到延安之后，在中国化马克思主义——毛泽东思想的指引下，在献身革命的同时他走上了文艺创作道路，在诗歌、歌剧、歌词、散文等领域进行了较为广泛的创造性探索。他这一时期的诗歌收在中华人民共和国成立后出版的《并没有冬天》（1951年）、《乡村的夜》（1957年）和《朝阳花开》（1954年）等诗集中。这些诗歌有的运用自由体，有的采取歌谣体，有的实验"楼梯体"，或赞美延安新生活，或回顾旧时代农村苦难，或描写子弟兵与老百姓的骨肉亲情，或表现解放区军民翻身解放、迎接新时代的空前热情，受到了平民百姓和部队战士的欢迎；同时也得到了前辈作家和批评家的肯定，赞扬他是"十七岁的马雅可夫斯基"，称赞他有关旧时代农村生活的诗"'五四'以来还很少有诗人这样写过"。

他这一时期的成就，尤其体现在民族新歌剧《白毛女》的创作上。这部浸透了延安鲁艺师生集体智慧同时也浸透了贺敬之青春热血的作品，以别开生面的中国作风和中国气派，转化西洋歌剧，化合民族民间戏曲、新诗、歌谣，深刻表现了"旧社会把人逼成'鬼'，新社会把'鬼'变成人"的时代性主题，成就了民族新歌剧第一部经典，为民族新歌剧的发展提供了奠基性范例；同《小二黑结婚》（赵树理）、《王贵与李香香》（李季）、《太阳照在桑干河上》（丁玲）、《暴风骤雨》（周立波）等优秀作品一起，继20世纪30年代左翼文学之后，标志了一个人民文学新时代的到来。民族新歌剧生成于延安新秧歌运动，贺敬之是这个运动的积极参加者，他写作和参与写作了许多秧歌剧和大量秧歌词，其中分别由马可、刘帜谱曲的《南泥湾》和《翻身道情》一直流传至今。所有这些，使贺敬之走在了新的人民文艺开拓者的前列之中。

中华人民共和国成立后三十年，贺敬之以一大批精品力作引领时代风骚。他这一时期创作的诗歌先是1961年以《放歌集》为题由人民文学出版社出版，内中收有1956年至1959年间发表的作品；到1972年，根据周恩来关于出版工作会议指示的精神，这部诗集得以再版，除对初版所收作品有所修订外，又增收了1959年后创作的诗歌。这部诗集是中国诗坛这一时期新诗领域的标志性成果。它继承和弘扬延安文艺精神，持守诗人主体与人民本位辩证统一的抒情原则；在学习群众语言、民间歌谣的同时，创造性开掘和学习民族古典诗词中的民本思想、爱国情怀、浪漫主义精神及其艺术手段，又继续转化并成功完成了"楼梯体"诗歌形式的建构。这批作品回应20世纪初年郭沫若《女神之再生》《凤凰涅槃》的历史性呼唤，感应一百多年来中华民族浴火重生的深厚历史内涵和文化精神，放声歌唱民族的新生和人民的解放，歌唱创造历史的人民新人，驱动时代朝向更美好的未来，属于共和国"开国文学"的"国之瑰宝"，彪炳诗史。

此其中，尤以《回延安》《放声歌唱》《雷锋之歌》《西去列车的窗口》《桂林山水歌》等影响深远。《回延安》是1956年诗人随同团中央书记胡耀邦赴延安参加西北五省（区）青年造林大会创作的作品，这是离别延安十年后的"重回"之歌，歌唱延安的光荣历史和现实，更展望延安的未来，表达对革命圣地延安的深情。"手抓黄土我不放，/紧紧儿贴在心窝上。/……几回回梦里回延安，/双手搂定宝塔山。/千声万声呼唤你。/母亲延安就在这里！"情动于衷，撼人心旌，寄寓了不忘根本的赤子情怀。1600余行的抒情长诗《放声歌唱》，是1956年党的八大召开之际诗人献给中国共产党的恢宏壮丽的颂歌。全诗立足共产主义运动的广阔背景、中国革命的光荣历史与光辉现实，结合个人的成长经历，热情讴歌民族的新生，讴歌以人民为主体的、中国共产党领导的革命和社会主义事业的胜利，抒写了对社会主义道路的坚定信念。"在节日里，/我们的党/没有/在酒杯和鲜花的包围中，/醉意沉沉。/党，/正挥汗如雨！/工作着——/在共和国大厦的/建筑架上！"——这是一个伟大历史的真实定格，凝聚了诗人对领导中国革命和建设事业核心力量的认同和理解，是人民的赞美和永久性期望。1963年在"向雷锋同志学习"的全民热潮中，诗人以1200余行抒情长诗《雷锋之歌》，塑造了共产主义战士雷锋平凡而又伟大的艺术形象，激情澎湃地回答了"人应该怎样生、路应该怎样行"的时代性叩问。时当国内"三年困难时期"，苏联赫鲁晓夫集团背信弃义，撕毁双方订立的基本建设合同；蒋介石在美帝国主义支持下叫嚣着要反攻大陆。立足历史的十字路口，诗人热情开掘雷锋事迹的精神内涵，揭示他军衣的"五个钮扣后面/却有：七大洲的风雨、/亿万人民的斗争"；诗意宏深地阐释雷锋的精神实乃民族精神、中国革命精神和毛泽东思想的光辉结晶，同时又是巴黎公社精神的延续。诗人运用触目惊心的"告别革命""和平演变"的图景警示人们，民族复兴和人类解放征途上存在着巨大的危险性，以坚强的定力发出神圣的召唤：高扬雷锋精神，"把这大写的/'人'字——/写向那/万里长空"！1963年，诗人同郭小川、柯岩随王震将军护送上海知识青年奔赴新疆建设兵团落户垦荒，沉浸于革命兴旺承续的景象,创作《西去列车的窗口》。"在九曲黄河的上游,/在西去列车的窗口……/是大西北一个平静的夏夜,/是高原上月在中天的时候",诗歌以一个情致别具的优美场景,把接受者引入历史的大境界当中,以一趟列车一个窗口含纳时代风云,成功抒写了发扬传统、继往开来的时代精神。

新时期以来,贺敬之在写出《中国的十月》《"八一"之歌》等一些新诗的同时,主要从事"新古体诗"的创作实践,作品主要收集在《心船歌集》(增补本,2013年)中。这些新古体诗唱改革大业、抒时代忧愤,以磐石般的坚定信念,在世纪末中外文学的颓风里,抒写了一曲共产党人和中华民族的正气歌。

他热情讴歌改革开放,赞美这"第二次革命"的历史性成就,心头泛起"万瀑竞和长征歌"的喜悦之情,沉浸在"朱墨春山新诗意,富阳新纸写淋漓"的审美大欣悦当中。但同时,世界性反社会主义逆流的涌起和1985年国内资产阶级自由化思潮乘机泛滥,又使他心怀忧患。国庆过后,诗人来到长江三峡作《三峡行》(8首),在盛赞"高峡出平湖"的改革新气象时,更抒写了历史忧思中不畏任何险阻的战士情怀。在昔日的白帝城旧址,他心思如沸:"史读'托孤'忆蜀忧,诗诵'依斗'感杜愁。不尽长江今来我,白帝叶红第几秋?"针砭辜负先人的阿斗,忆起杜甫"每依北斗望京华"的"杜愁"。他预感战斗未有穷期,托物言志,意气风发:"夔门又雨何足畏,滟滪千堆过来人!"胸中鼓荡着真理必胜的信念。在1985年后进一步发展的逆境中,诗人写成于故乡山东的《故乡行》(11首),集中表现了挑战逆动势力的气概。"往事如涛曲阜夜,起听新歌'大道行'。"他"抚鲁壁"思接千载,诉说必须坚守社会主义阵地、秉持共产主义世界大同的初心;又借赞颂泰山,高扬砥柱立天的大无畏精神——"几番沉海底,万古立不移。岱宗自挥毫,顶天写真诗";他写泰山顶遇风寒,彰显的是逆风临险却理想高远的志气——"难阻日观峰上去,纵目万里海浪中"。

1991年冬,诗人患重疾入院治疗,第二年春出院赴杭州疗养,病情稍苏后与夫人柯岩结伴作"三江两湖之游"。当时"苏东巨变"已成,有人歪曲邓小平"南巡"讲话,再次掀起逆浪。他此时写成的《富春江散歌》(26首)继续表达对逆动势力的征讨以及对共产主义事业的坚信:"壮哉此行偕入海,钱塘怒涛抒我怀。一滴敢报江海信,百折再看高潮来!"他临富春江观鱼,一吐愤闷与凌厉之气;痛饮于"三江两湖",释放非常时期共产主义者的无限赤诚;笑谈范蠡泛五湖去国的旧事,吐诉忧心现实、批判现实的壮思。他来到新安坝下,遥想毛泽东等历史巨人"高峡出平湖"的理想和筚路蓝缕之功,升腾起历史不容割裂、革命不容虚无的庄严情思,发出"请教再问'甲申祭',黄河渡后今何夕"的诘问,喊出坚持改革、坚持社会主义道路的呼声。

1997年十月社会主义革命80周年前后,诗人接连自度《咏南湖船》《怀海涅》两首长篇散体,回顾共产主义运动和中国革命波澜壮阔的历程,寄忧患,斥逆流,向未来。他睥视"狂言'终结'""咒语'告别'"(指海外的"历史终结"论和国内的"告别革命"论)的一丘顽劣,高高捧起"扶天倾,/补天裂,/导洪流,/警覆辙"的党心、诗心,寄言革命者"须察/千态万状,/当经/史检民择",誓与少年后来者挽臂"红船",劈浪破航,等等。见喜见忧,赤诚如炽,信无稍移。

贺敬之诗歌是延安精神的宁馨儿。诗人历抗日战争和解放战争、社会主义革命和建设、改革开放三大历史时期,从《白毛女》到《放歌集》到《心船歌集》,剧诗、新诗、歌词、新古体诗,一路高响,吐纳风云,构成了一道人民革命和社会主义奔腾澎湃的诗歌长河。阅读诗人一路走来的诗篇,仿佛走进历史的千山万岭,听延水波涛,观泰山日出,览钱塘潮汛,心中升腾起民族文化和革命文化的自豪感。"北风那个吹,/雪花那个飘";"花篮里花儿香,/听我来唱一唱";"生,一千回,/生在/中国母亲的/怀抱里,活,一万年,/活在/伟大毛泽东的/事业中"……这些冲荡不息的清音大吕,几十年来回荡在祖国大地和人民群众的口中和心中。和那些世界性大诗人一样,贺敬之总是以巨大的革命激情和活力,关注时代及其实际问题,把自己的创作与时代、与人民的命运紧密地结合在一起。诗是他的生命形式,同时也是他发自心灵的战斗号角。他的诗歌没有靡靡之音,没有空头口号,充盈着历史的正音、战士的呐喊。他来自人民百姓,走向人民百姓,唱着人民百姓所要求期盼、喜闻乐见的歌声。

在20世纪中国诗歌史上,贺敬之是继郭沫若、臧克家、艾青、田间之后又一座丰碑。郭沫若是中国"现代第一诗人"(闻一多语),他站立世纪之初放号,以《女神》横空出世,创中国诗歌划时代新声。到三四十年代之交,艾青以《大堰河——我的保姆》《向太阳》《吹号者》《火把》等一系列名篇,承继光大"五四"诗歌和左翼诗歌传统,以坚定的人民诗学原则,创造了真善美统一的时代诗情。此后,贺敬之立足辩证唯物论和历史唯物论,护持人民诗学,营构社会主义诗学。他是郭沫若之后革命的浪漫主义诗歌又一提琴手,在张扬浪漫主义共性的同时,看重抒情主体的革命性和实践性品格,突破"主情即浪漫"的套路,以"'主观'和'客观'、'思想'和'感情'相融合"的思情的高扬,创新了中国现代浪漫主义的诗学内涵。他以民族化、革命化、群众化的"剧诗抒情"以及相关的歌剧理论,从一个重要方面,即文学语言方面,奠定了民族新歌剧的抒情审美范式。他和郭小川一起创辟了一个政治抒情诗派,感应人民意志,高扬时代正音,引领了一代抒情诗风。他根据现代汉语的特点,吸收传统诗学重视意境创造等优长,兼取自由体新诗自由奔放的气势,改造外来"楼梯体"形式,创构了具有民族特色的楼梯式新诗体。他在李季、阮章竟成功创建民歌体叙事诗之后,以取向豪迈瑰玮的风格与经验,与郭小川、闻捷、严阵、梁上泉、雁翼等或兼有婉约类抒情互为补充,在抒情诗领域为发展自由体新诗和完善民歌体新诗提供了新的经验,为中国诗歌的现代抒情开启了新境界。他的新古体诗,超越"近体"又不等于"古体",大体以现代汉语为基础,以"或长或短、或五言或七言的近于古体歌行的体式",创造新意境,唱述新感情,讲究凝练、曲包,与同道者一起,为中国诗歌体式的建构提供了又一种可能性。1980 年代以来,他热情支持新诗的探索,多次提出要"进一步向包括西方现代派诗歌在内的一切外国诗歌吸取有益的东西",但是坚决反对"丧失我们民族的主体性而一切以西方现代派为圭臬"。和艾青、臧克家、绿原、公刘等著名诗人及批评家一起,坚持了中国诗歌发展的正确道路。

  贺敬之诗歌的成就是一个客观存在,经受了延安以来人民百姓和诗歌运动的检验。但是错误思潮在歪曲和反对革命诗歌、社会主义诗歌的时候,总要践踏经典,贬损包括贺敬之在内的著名诗人。令人高兴的是,这些年来随着民族复兴伟大事业的推进和社会主义精神的提升,意识形态领域正气开始上扬。中小学语文教材的编选者把前些年删减的贺敬之等左翼文学和社会主义文学精品再次召回,一些高校文科重新重视这"红色经典"的分量。湖北长江文艺出版社隆重推出这部《贺敬之诗新选》,也正是对这新的时代风气的积极感应。由于这个缘故,我们振奋了建设社会主义文化的信心,并乐观地与同志们一道前行。

2018 年 7 月 12 日

目 录

上编(1939—1947)

北方的子孙 / 3

跃进 / 8

生活 / 11

不要注脚
　　——献给"鲁艺" / 19

雪,覆盖着大地向上蒸腾的温热 / 23

五婶子的末路 / 29

夏嫂子 / 31

儿子是在落雪天走的 / 35

小兰姑娘 / 38

小全的爹在夜里 / 42

我走在早晨的大路上 / 48

太阳在心头 / 53

贺龙 / 54

党中央委员会 / 55

毛泽东之歌 / 56

给土地和牛拉拉话 / 58

我的家 / 61

朱德歌 / 63

七枝花

　　（花鼓）/ 65

南泥湾

（秧歌表演唱）/ 68

翻身道情

（秧歌剧唱词）/ 70

青竹竿,穿红旗 / 71

行军散歌(12首选6首) / 73

送参军 / 84

笑 / 88

搂草鸡毛 / 99

下编(1951—1993)

妈妈的眼睛真明亮 / 109

回延安 / 110

梦里的旅行 / 114

风筝 / 118

放声歌唱 / 121

三门峡歌 / 174

中流砥柱 / 177

向秀丽 / 180

桂林山水歌 / 184

十年颂歌 / 188

雷锋之歌 / 207

西去列车的窗口 / 249

又回南泥湾
　　——看话剧《豹子湾战斗》/ 256

回答今日的世界
　　——读王杰日记 / 260

中国的十月 / 265

啄破 / 274

附　录

《贺敬之诗选》(1979年版)自序 / 277

《贺敬之诗选》(1997年版)代序
　　——《中国新诗库·贺敬之卷·卷首》/ 周良沛 / 283

编后琐语 / 297

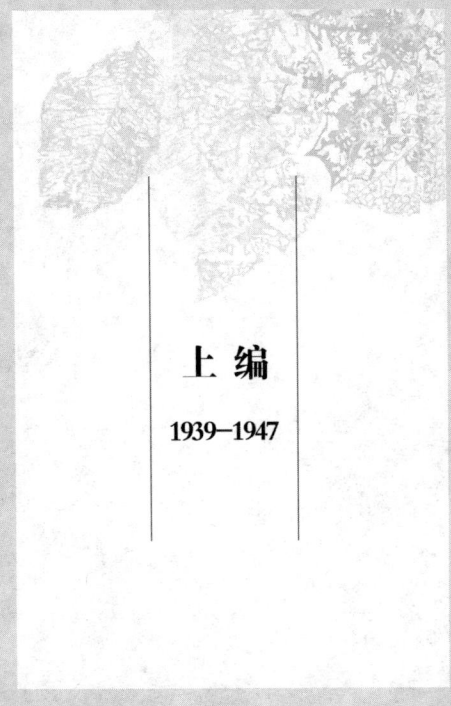

上 编
1939—1947

北方的子孙①

我是
年青的
北方的子孙啊!
——我伴着,
　　那荒地、
　　莽原,
　　乌泥
秋天的黄沙
　　和那
　　冬天的
　　大漠风、
　　冻雪
　　活过十多年

我像
那荒地的每一个孩子
一样呀!
守着一只老黄牛,
成长在
河边
湖畔——
我学会了

---

① 新注:作者时年15岁,首作刊发于四川成都《朔风》。

祖先传下的牧歌,
从老子的脸上
我晓得
那质朴的
他们的忧郁啊!

北方!
我们的
忧郁的骆驼……

春天,
那地面
有绿色在生长的时候,
我们,
孩子的心,
还温着
往日的梦呀!
穷苦,
凶年,
人们在命运的鞭子下
流浪,
死亡……

夏天,
庄稼苗子
长起来的时候——
在那荒土上,
我们望到"它",
像望见了生命的喜悦!
然而,
谁又会相信,

黄水不为患呢?!——
那毁灭的歌子呀!
房屋、
庄稼,
祖宗留下的
吹不甚响的牛角,
缺破的农具,
我们的生命……
会毁灭在那水底!
——我听过老年人
讲说的故事:
水头
千丈高,
红衣神仙
抓着法水,
千万人
被圈在
死亡的圈子里!
到了庄稼"晒米",
太阳珍贵的时候,
秋天的
大豆、
高粱、
棒子、
小米……
上了场,
我们又拾起了
跳跃的生命的歌子!
用一支高粱秸
催动老黄牛、
驴子,

从那踽踽的脚步里,
碌碡①——
压着庄稼。
尖锐的声音,
在汗流中滋长……
八月的风,
在荒野
扎下了营,
我们憧憬着
那"折子"里②
装满的食粮啊!
但,
会被还账带走!
生命
干涸了的泉源,
牲口的
忧郁的头颅,
挂在了树梢,
啊!谁听到了它们的哭泣?

冬天,
北方的地面,
蒙上了冰雪,
丛林、
河流、
黄土屋,
紧紧地封锁在白练下……
寒冷、

---

① 自注:碌碡,石制农具,用来碾压粮食。
② 自注:"折子",旧时鲁南农村一种盛粮器具。

饥饿,
从塞北
刮来的风,
我们看见了
那死亡的恐怖。
天空,
阴冷的神秘
控住那荒土呵!

北方!
我们的
忧郁的骆驼……

祖宗,
将一支牧羊的鞭子
抛下来……
在那荒土上
我偷偷地活过十多年!

我是
年青的
北方的子孙啊!
我会唱那
农歌、
牧歌、
吹那牛角,
在北方的荒土上,
我依恋的
年青的灵魂!

1939年8月16日,四川梓潼

跃　进①

一　走出了南方

雨，
落着……
——阴湿的南方啊！

一九四〇年，
走出了那狭窄的
低沉而喑哑的门槛。

春天，
浓雾的早晨；
野花——
红色的招引。
去远方啊！

不回头，
那衰颓的小城，
忘记
那些腐蚀的日子。

---

①　新注：1940 年 5 月，作者从四川梓潼奔赴延安。

响亮地:四个!

二　在西北的路上

是不倦的
大草原的野马;
是有耐性的
沙漠上的骆驼。

我们
四个,
——在西北的路上,
迷天的大风沙里。
山,那么陡!
——翻过!

风沙
扬起我们的笑,
扬起
我们的歌!

三　夜

夜。
——西北的苦涩的长夜……

狼,
火红的眼睛啊,
燃烧在夜的丛莽。

繁星，
在天空；
——熟透的柠檬，
在树林中。

黑色的森林，
漫天的大幕；
猎人跃进在深处。
猎枪像愤怒的大蛇，
吐着爆炸的火舌。

而我们四个，
喘息着，
摸索向远方……

　　　　　　1940 年 5 月，去延安的路上

生　活

一　生活

我们的生活：
太阳和汗液。

太阳从我们头上升起，
太阳晒着我们。

像小麦，
我们生长
在五月的田野。

我们是小麦，
我们是太阳的孩子。
我们流汗，
发着太阳味，
工作，
在小麦色的愉快里。

歌唱！
歌唱
在每个早晨和晚上。

生活
甜蜜而饱满的穗子,
我们兄弟般地
结紧在穗子上。

我们——熟透的麦粒呀。

二　明天

当我们
劳作在庄稼丛里;
当我们
休息在田地旁边;
当我们
肩着辛劳归来;
汗珠,
装饰着
我们高粱色的胸膛。

我们想:

有一天,
太阳打从我们共和国的草原
升起;
有一天,
我们驾着拖拉机
去耕种;

有一天,
早晨的露珠刷湿了皮靴,
我们去集体农场……

三　梵阿琳和诗

在生活的键盘上，
我们拥抱
梵阿琳和诗。

晚上，
在夜的大帐幕里，
梵阿琳的音调
在夏天的树下
荡出；
从人的岛屿里
高扬。

而我们炽热的
年青的生命的跳跃呀。

早晨，
阳光照亮了——
普式庚，
尼克拉索夫，
马雅可夫斯基……
——我们朗读着
那诗册。

洪亮的
时代的音响啊！

我们跟他，诗，
学习

反抗和讴歌,
爱和播种。

四 我生活得好,同志

(一)
昨天,
外边落着雨,
你从那山坡上,
拖着泥脚走来,
你问我:
"生活得好吗?"

而今天,
天晴了,
在我的桌子上,
洒落一大片阳光,
那么,
让我回答你:
"好!
我生活得好,
亲爱的同志!"

窗外的山上,
送来野花的香气,
好!
我生活得好,
亲爱的同志!

(二)
在亚细亚的

灼伤的土地上,
我活过了十六个年头。

十六个年头,
不灭的记忆:
饥饿和死亡。

从一个老人那里,
随他倒下的身躯,
我承继了
债务和刑罚。
然而,
战争的毒火,
赶我
离开了家……

夜的草原,
从那棵老槐树下
我开始了
我十四岁以后的
流亡的道路……

(三)
大风沙的夜晚,
我渡过
祖国的
北方的大河;
春天末尾的
中部原野——
有发渴的土壤,
旱死的小麦。

我，
在长列的火车上，
驰向新历史的门槛

我的祖国，
听我的歌唱！

十多年
喂养我的
你的古老的忧郁，
你的酷寒的夜，
你的毒害的奶汁；

十多年，
你的土地上生长的
一棵矮小的幼枝，
我的童年，
——这，让我招招手：
"再会！"

(四)
而我，
又走了！
向南方——
更长的祖国的路。

我的祖国，
听我的歌唱！
我赞美
你的明天，

而又咒诅
对你的没有光亮的日子。
更坚实地
我又举起了我的脚步,
向我的
光辉的驿站,
向我的
温暖的归宿。

让那些关卡,
让那些封锁线
死亡吧!
这,如同
黑夜关不住白天。

(五)
今天呵,
亲爱的同志,
我生活得好了!
我快活
像一只飞舞在天空中的鹰!

为你,
我的太阳,
你照射了我!

为你,
我的高原,
你养育了我!

为你,

亲爱的同志,
你锤炼了我!

我的歌声高昂而发颤……

今天,
让我们拥抱吧,
我的亲爱的同志!

好!
我生活得好!

1940 年 9 月,延安鲁艺

不要注脚
——献给"鲁艺"

"鲁迅",
解释着我们,
像旗帜
解释着行列。

早晨的阳光,
铺上那院落,小路……
刺槐树茂密的叶子,
环绕着
教堂的尖顶。
早安呵,
我们的小溪,
我们的土壤。
这里是我们的学校——
"鲁艺"!

在时代的路程上,
教堂
熄灭了火焰,
耶和华
走下了台阶……

今天,

"鲁迅"
领导我们,
我们集合在旗帜下。

今天,这里,
红星照着,
铁锤拥抱着镰刀
在跳跃。

一切都在歌唱:
"同志们!"
一切都在呼喊:
"伙伴哟!"

艺术,不要注脚,
我们了解——
生活
和革命。

在我们的场园里,
我们赶出了
"伤感"的女神,
摒弃了
镀金的哀愁。

叫旧世界的堡垒发抖吧,
我们的火把——
"鲁迅"
将燃烧不熄!

歌唱给全世界听吧,

我们的旗帜高举——
"鲁迅"!

像春天般歌舞,
我们跳跃!
热情,
泛滥的大河,
歌声,
像夏夜的雷雨……

手风琴的嗓音
彻叫在白天;
欢笑
汇集,在蓝色的晚上。

人的丛林
在高呼:
"诗人
和共和国的工作
是完全一致的!"①

看吧!
木刻家、
农民一样勤劳,
在他的田野——木板上,
锋利的刀子
在耕耘着。

小说家,

---

① 自注:马雅可夫斯基诗句。

在纸的阔野上
挺进!

音乐——我们的进行曲!
戏剧——大地是舞台!

在艺术的
兵营和工厂,
我们是
战斗员和突击者,
工作不息!

生活的引擎,
百万匹马力
在奔驰!
我们高举
"鲁迅"的火把,
走向
明天,
用诗和旗帜,
去歌唱
祖国青春的大地!

1940年10月,延安鲁艺

雪， 覆盖着大地向上蒸腾的温热

在窑洞里，
我和同志们
围坐在油灯旁边。

我们的影子
连接着，
在墙壁上
闪动。

炭火，
旺起来了。
雪，
在窗外落着，
雪，
覆盖着大地向上蒸腾的温热……

我的笔
站起来，
我的思想
像海潮似的
撞击着我的心……

我不能平静，
我要呼喊。

我是怎样的
来在这个世界上！
来在
同志们的行列中！

……一九二四年，
雪落着，
风，呼号着，
夜，漆黑的夜……
在被寒冷封锁的森林里，
在翻倒了的鸟窠中，
诞生了一只雏鸟……

呵，我的母亲，
在这样的
日子里，
你诞生了我！
挂满蜘蛛网的破屋子里，
我的祖母
跪在屋角，
连连地磕头祷告：
"天啊，
俺喂他什么吃？
——这个小东西！"

我的父亲，
躲账在
村庄的酒馆里，
又赊了账，
醉倒在柜台边……

亲爱的同志,
这就是我的
自传的第一页:
时代+灾难+母亲,
这,我就生长起来。

我来在这个世界上。
我的眼睛,
看着;
我的脚
踏着
——这一片漆黑的大地!

我的母亲,
为什么打我妹妹?
难道,
就因为她在年三十
要吃一块年糕?

父亲呵,
为什么和祖母吵架?
难道
就因为她藏了二升高粱,
不能给你还账?

而雪,落着,
风,呼号着,
夜,漆黑的夜……
炮声啊,
在响!

人群啊,
在哭嗥……
哪里去?
你们!
哪里去?
母亲!
哪里去?
父亲?
……

——在一九三七年,
这样的晚上。

母亲啊,
撒开手,
妹妹,
给我的夹袄——
我要走了!
这长长的道路,
这漆黑的道路……

我被抢去了
在衣角里
母亲缝进去的
五块钱钞票,
我被摔倒在
河沟里……

但是,
我看着,
我走着!

我走着，
我想着！
我的母亲！
我的祖国！。
我终于，
看清了，
太阳从哪边出来！
花朵
是在哪里开！
我来到这里，
来到
这旗帜底下，
来到
我的同志们中间！

而且，
我是宣了誓的，
我背诵过了我的誓言。

亲爱的同志们！
为母亲，
为祖国，
我来到这个世界上，
来到行列里。

而你，
我的笔，
你不能停止，
我的心啊，
更热烈地燃烧吧！

在这样的晚上，
窗外，
雪，
无声地落着，
雪，
覆盖着大地向上蒸腾的温热……

我的肩
擦着同志们的肩，
同志们的肩，
擦着我的肩……

我的诗，
检阅着我的过去——
我，
那样地
走了过来，
走到了你们中间！

1940年12月，延安

五婶子的末路
（自此以下6首选自诗集《乡村的夜》）

五婶子前面是流淌不息的大河，
五婶子后面是将落的太阳。

五婶子将仅存的一个孩子抱在怀里，
在那怒吼的浪涛前面，她低下头来。

……整整一年了，五叔被关在监牢。
啊，那不是五叔的黄瘦的面孔？
那不是给张大爷鞭打的伤痕？

……五婶子静静地回想着，
这一年——
大儿子流浪到远方，
没有一点音讯；
老黄牛叫张大爷拉走了；
女儿病死在炕头上……

……五婶子静静地回想着，回想着。
她抬起头来。
忽然，她笑了，
面对着浪涛，五婶子笑了。

五婶子像喝醉了酒，

她抱着孩子跳下河去，
河水激起一阵浪花。
……于是，一切又归寂静。
黑夜到来了。
河水吞没了五婶子和她的孩子柱儿。

大河里又添了两个水鬼，
河面上是迷茫的秋天的夜。

1941 年 5 月

夏嫂子

她迟缓地走动着,
从这片高粱地,到那片高粱地。
中午的坡野里静悄悄地没有一点声响,
她只听到自己手指劈高粱叶的"嚓——嚓"
和自己的呼吸声。

晒死人的六月天,
天空上是烧红的太阳。

蝈蝈儿在高粱穗子上唱,
知了在树梢上唱,
她默默地,心里没有一点回响。
——从这片高粱地到那片高粱地。

头巾上落满了高粱花和黑斑斑的"腻虫子",
汗水沿腮帮子往下淌,
嘴里干得像个死汪,没有一点儿水,
心里没有一点儿欢喜……

锄地的人们歇过晌午了,
他们拿着锄头走进高粱地。

她惊慌地躲到另一块地里,
胳膊下的高粱叶还不够背,她还要劈……

而她迟缓地走动着，
听着自己的呼吸声，
在高粱地里，她隐藏了自己的身影。

晒死人的六月天，
天上是烧红的太阳。

孩子们正等在家里：
大的要甜秫秸和"乌米"，
小的要吃奶。
而这时候已经过了晌午。

……坡野呵，是无边的广阔，
悲苦的年头呵，是无限的漫长……
高粱地连着豆子的地边，
过了春天，夏天就来替换……

……不对这悲苦的日子回答一句话，
默默地，夏嫂子垂下头来……

……她的眼前闪出了那一幅忘不了的画面：
东家的大厅上吊着一个"强盗"，
狠毒的人们用鞭子沾着凉水抽他，
"招出来！招出来！"东家喊着。
一个妇人和两个小孩跪在他的脚前，
"饶了他吧，老爷，饶了他吧……"
妇人哭喊着，孩子扯着妇人的衣襟。
"站起来，你，""强盗"在鞭打中叫喊：
"起来，不要再跪下，孩子的娘！……"

……丈夫已经死了四五年了，

她的日子一天不如一天。
而晒死人的六月天呵，
天上是烧红的太阳。

她走着，走着……
又转过了几块高粱地。
高粱叶子够背的了，
又找到甜秫秸和"乌米"，
到了应该回家的时候……

忽然，前面的高粱棵里闪动着人影，
她惊慌地停住脚步……
而那个人，那个大个子已经跨到她的眼前。
他手里拿着红缨子标枪，
两只发红的眼睛狠狠地瞪住了她：

"好，兴这样说的，
庄稼才锄头遍，就来打叶子！"
那汉子捉住了她的手：
"走，到庄上见六大爷去！"

夏嫂子垂下了眼毛……
"看青的大哥，这是头一回，下回不敢了……"
她无力地回答着，
她的眼前有一阵黑花在飞转……
突然，"看青的"在地边倒插下他的标枪，
在高粱棵里，他猛地按倒了夏嫂子……

而这是六月天，晒死人的六月天，
天上是烧红的太阳。

呵，大堆的高粱叶子抛散在地上。
风向远处吹送着一阵听不清的小曲儿……

太阳呵，在天空偷偷地奔跑，奔跑……
霎时间，满天涌上了揭不开的黑云！
雷公敲响他的锤头和钻子了，
雷母撒开了耀眼的火线，
天河滚翻了，
暴雷雨来到了这无边的土地……

在风里，雨里，
庄头上两个小孩从倒塌的小屋里爬出来，
哭着，叫着，
要他们的娘回去……

在风里，雨里，
放牛的孩子从地里失神地跑回来，
说碰见一个披头散发的女鬼，
哭着，叫着，
不知道奔向哪里……

1941 年 6 月

儿子是在落雪天走的

一

儿子是在落雪天走的……

他临走前,
将自己仅有的一件破棉袄
脱给母亲。
于是,他就这样地走了。

母亲衰老了——
她的脸是冬天,
她的头发便是积雪。
儿子的脚步声在风雪中远去,
母亲无力地倒在门边的雪堆上……

二

一个月以后,
有一大群饿慌了的人,
结成了队伍,
跟随儿子向着一个地方走去。
——他们悄悄地绕过母亲的小屋,

歪歪斜斜的身影
隐没在一片盖雪的树林里。

三

到晚上,
儿子回来了。

他给母亲带来了新棉袄,
带来了白面和柴火,
也带来了火——
于是,寒冷的小屋里温暖起来了。

母亲吃饱了,也穿上了,
她的眼睛里充满了欢喜的泪水……

但是,儿子又向风雪中走去。

四

这以后,数不清有多少日子了,
儿子却再也没有回来。

"俺的孩子,俺的好孩子,
怎么再也不回来了呢?……"
母亲默默地念着。

过路的人在风雪中出现,
向母亲告诉:
"你的儿子死了,

因为他做了强盗。"

母亲摇摇头：
"你不要蒙哄我，
我知道他就要回来。"

五

又是很久很久了，
又是落雪天……

连过路客人也没有了，
儿子真的再也不见回来。

母亲的眼睛渐渐地失去了光亮。
母亲的心里也结成了冰了。

"他……他是真的死了吗？
他是个好孩子，他不会做强盗呵。
……唔，我明白了，
可怜的孩子是死在强盗的手里了。"

1941 年 6 月

小兰姑娘

一

我和小兰姑娘到田野里去。

麦苗都长高了,
村头的李花都开了,
燕子一对对在我们头上飞着叫着,
一会儿,又飞跑了。

春天到了,
小兰姑娘就是春天。

春天的花朵真好看,
小兰姑娘却更好看;
春天的太阳真温和,
小兰姑娘却更温和呢。

我们到麦地里去割荠荠芽,
可是谁也不想干活,
镰刀都放在一边——
田野真像一床绿毯子呀。

我们坐在一起。
麦苗就在我们脚下乱拂,
——因为是刮着小风。

我把手放在小兰姑娘肩上。
时间正是晌午。
小兰说该做活了,
回家娘要骂呢。

——小兰姑娘是王五伯伯的闺女;
王五伯伯是李大爷的租户。
王五伯伯把小兰许给李金余;
李金余是李大爷的侄儿。
李金余是富人,
我是穷人;
李金余在学堂里,
我在田野里。
——小兰姑娘却喜欢我。

"怎么办呢?小兰——"
"怎么办呢,我不知道……"

"咱俩跑走吧,小兰!"

镰刀在土里抽动,
燕子又来偷听了。

二

小兰姑娘就住在庄东头的那间小屋里,
她家门前是一条小河。

……一个夜里,
我去找小兰。
她怕叫爷娘知道,
悄悄地从屋里出来,
来到我面前。

于是,我们走了,
跑过小河。

"到哪里去呢?天这么黑……"

"到外头去,
到很远的地方去。
天不黑,你就是月姥娘……"

三

谁知道,
不到天明我们就糟了!
李大爷派人把我们捉了回去。

小兰的娘来打小兰,
李金余把我摔到河沟里。
不到两天,
李金余就把小兰娶走了。

四

……我把头枕到小兰姑娘坟上,

现在秋天也完了。

小兰姑娘是吊死的,
在她被娶走的第七天。
……唉,小兰!

老巫婆给王五伯伯家念经,
说小兰是妖怪。

我把头枕到小兰姑娘坟上,
小兰呵,我来叫你,
为什么你不答应我呢?

小兰呵,快醒过来吧,
不要怕夜里太黑太冷,
我们拾些树枝扎个小火把,
它会照着我们,
向很远很远的地方走去……

1941 年 7 月

小全的爹在夜里

一

黄昏时,
小全的爹领着小全走了。
冷风不住地吹着。
小全记得李大娘向他说的——
明天就是"腊八"了。

小全的娘在病着,
小全家一天就不见烟火。

小全向爹说:
"饿……"
爹不理。
小全向娘说:
"饿……"
娘不理。

——终于,黄昏时,
小全的爹领着小全走了。

"爹,到哪里去?"

"领你到田大爷家吃'腊八粥'去……"
老头子回答着孩子,
他的脸上激起一阵苦痛的颤栗。

二

小全和他爹走进了田大爷家黑漆的大门,
田大爷的守门狗把小全吓哭了。

穿过大门内的耳屋,
耳屋里长工们在烤着火。
小全说:
"爹,
这里比咱家暖和……"

老头子不理小全,
他的脸好像阴沉的天空。

老头子在田大爷家找到一块米糕给小全,
把小全安置在一间黑暗的小屋子里,
老头子去见田大爷去。

小全在爹背后说:
"爹,回去吧,
田大爷家的守门狗光咬人……"

三

到黑天的时候,
小全的爹一个人走出了田大爷的大门。

村庄上很寂静。
腊月里，西北风微微地吹过枯树的枝头。
打更人第二次踏过村庄的铺道了，
梆子的响声随着哑了下去。

小全的爹迈着沉重的脚步，
他仿佛做错了一件什么事，
把头低着。

他数着手里的钱——
"四吊五百钱。
四吊五百钱，
我卖了亲生的孩子，小全，
田大爷再也不肯多出……"

他走着，走着，
在腊月的夜里。

"小全的娘还病着，
四吊五百钱，可以买二斗米啦……"
这是难过的年头呵……

四

这是难过的年头。
冷风从前面吹来，
啊，带着小孩的哭声。

小全的爹向前走着，
面前是一个干涸的泥坑，
这里面躺着一个将死的婴孩，

哭声从他的小嘴里发出……

老头子的心里颤抖了:
"这是谁?
这是……不是……我的……小全……?"

这不是小全,
小全在田大爷家里。
这是一个才生下的婴孩,
刚被抛出了母亲的怀抱。

老头子止住了脚步,
老头子抱起了那个小孩:
"谁家生了你,小孩,
把你扔在这里,
……啊,狠心的人!"

"狠心的人","狠心的人"——
老头子啊,老头子听见了自己的声音,
他仿佛咒骂了自己!

在那腊月的冷风里,
他站着,站着……
对着这不知是谁家的孩子,
他,忽然解开了自己的破烂的衣襟,
把小孩抱在怀里。
但是,他的怀里是冰冷的。

小孩哭着,哭声变得低哑了。

小全的爹像是得了一场大病,

他浑身都觉着疼痛。
这是腊月的夜间,
家里躺着有病的女人啊。

半天,他只好将小孩放下,
抬起脚步向前走。
不知为什么,
他留下一吊钱给了这个小孩……

五

这个老头子,在夜间,
他放下一吊钱给这个小孩。
刚走了一步,这陌生的小孩又哭了,
那冰冷的东西压得孩子快喘不出气来……

小全的爹又转了回来,
他重新抱起小孩:
"不要哭,小孩,
我不能带你回家,
我家里没有吃的……
唉,这是一吊钱,
我……我卖了我亲生的孩子,
他比你大……他今年……五岁了……
他……他叫小全……"

小孩子不听老头子的诉说,
小孩哭着,哭着,
渐渐地,在老头子手里冻僵了。

小全的爹站着不动……

他好像一棵枯树。
长久地,长久地……没有一点声音。

冷风扑过来,
老头子像是从梦中惊醒。
他的嘴唇找到了小孩冷却了的嘴唇,
他的眼泪滚落在小孩冻僵了的脸上,
终于,小全的爹大声地哭了出来。

六

冷风吹过枯树的枝头,
夜,像一只破了的木船,
搁浅在村庄。

小全的爹仿佛疯了一样,
抱着死去了的不相识的小孩,他哭着。

小全,这时候,
在田大爷家里,哭着,
要他自己的爹娘。

寂寞的小屋里,
病着的女人,哭着,
她的声音颤抖在屋角里:
"把小全带到哪里去了呢?……"

夜,搁浅在村庄。
风,刮着,刮着!……

1941年12月

我走在早晨的大路上

我走在早晨的大路上,
我唱着属于这道路的歌。
我的早晨的河啊,你流吧,
我的早晨的太阳,你升起吧。

我走在早晨的大路上,
在我的面前,
在我的四周,
是无限广大的土地。

我面对着我自己,
我面对着我的歌,
我面对着这道路,这土地,
我面对着这个国度,这个政权;

我——一个十八岁的公民,
我自己说话,高声地:
这土地是我的!
这山也是我的!

我——一个十八岁的歌者,
我唱我自己的歌,高声地:
是我的——这早晨,这太阳!
是我的——这欢快的一天的开始!

现在是秋天。
现在是收获的季节。
现在是每一种颜色都鲜红的季节。
现在是每一个喉咙都发声的季节。
现在是每一双手都举起热情的季节。
现在是每一朵花都结实的季节。

我走在早晨的大路上,
我唱着属于这道路的歌。
光明和温暖正在这大地上开始,
这里正在开辟,正在手创。

这早晨的歌,
这太阳的歌,
这季节的歌,
这开辟和手创的歌,
这闪耀和燃烧的歌,
呵,我走在这道路上!
这道路的歌,
这田野的歌,
这西红柿的歌,
这小米的歌,
这玉蜀黍和高粱的歌!
呵,此刻,我,前进着,
我迈着我的脚步,均衡而有力。

我的伙伴,我的公民同志,
我们来唱这歌吧,
我们来完成这奇迹,
我们来投票选举,
我们来吧,同志——

足够十八岁的!

我,十八岁,向前走,唱着,
你们,也向前走,
从我的左肩擦过,唱着;
从我的右肩擦过,唱着。

我什么也不想,
我,一点也不怀疑,
我面对你呵,我的大地,
如同向日葵对于太阳一样真诚不二。

我的头脑是清醒的,
像那被太阳光穿透的露珠。
在会议上允许我发言,
在我的道路上允许我大步向前而且唱歌。

我的脚步是你们中间的一双脚步,
公民同志们!
我的手是你们中间的一双手啊,
公民同志们!
它同你们紧靠着,
它同你们一起前进,
它同你们紧握着,
它同你们一起来管理这大地。

让我们牢记吧,
我们是自己国度的先驱者,
让我们牢记吧,
我们是自己栽培自己收获的人!

我不能不起来,从我的座位里,
我来到这早晨的道路上,
我不能不唱歌,唱我的赞颂的歌,
给这早晨,给这太阳!

我仍然前进,
一刻也不休止,
我同我的邻人,
一起呼吸,生活。
我走在这早晨的大路上,
我唱着属于这道路的歌。
我看见这大地每一秒钟都在前进,
我看见这大地每一秒钟都在生长,
我看见这大地上的旗帜正在飘扬,
我看见这大地上:快乐和歌唱。

我,向前走!
我,十八岁的公民!
啊,我唱着,和延河的声音一起,
太阳在我的周身,在我的大地上。

前面的,你是什么?
都来到我的怀里吧,我紧紧地拥抱你们,
我,十八岁的歌者,
我也要投到你们的怀里,你们也来拥抱我!

你是我的同志,我的爱人啊,
你是我的伙伴,我的邻人啊,
你是我的房屋,我的田野啊,
你是我的早晨,我的太阳啊。

我走在早晨的大路上，
我唱着属于这道路的歌。
我跟着前面的人，
后面的人跟着我。

1941年9月，延安

太阳在心头

张三牵着老黄牛,
他在地畔慢慢儿走。
眼看太阳落西山,
他倒有另一个太阳在心头。

张三左思右一想,
一年四季春到秋。
今年收成真正好,
你看谷糜满山沟。

为啥如今光景比往年好?
不是天差神保佑。
因为有了毛泽东——
温暖的太阳在心头。

毛主席比太阳更温暖,
他比那太阳更长久。
张三拉了泥菩萨的架,
灶君神扔到火里头!

……黄牛忍不住叫几声,
张三唱起了"信天游"。
天上的星星眨眼笑,
他看见:光明的大路在前头。

1941 年 9 月,延安

贺　龙[1]

他不是天上的神,
他是地上的人;
他曾和你我住在一个村,
他的家靠着你我近。

你记得那一年来那一月,
一把菜刀杀仇人;
他不是天上的神,
他是咱们的好弟兄!

他的手拉着你我的手,
他是人民的真英雄;
哎,你看贺龙将军过黄河,
人民拍起手来笑呵呵!

---

[1] 自注:1941年作于延安,马可作曲。

党中央委员会[1]

你是我们航行的舵手,
在狂风巨浪的海上。

我们把手向你举起,
我们的党中央委员会。

在你的领导下,
我们无敌地向前向前。

你是我们航行的舵手,
在狂风巨浪的海上。

我们把手向你举起,
我们的党中央委员会。

---

[1] 原注:1941年作于延安,瞿维作曲。

毛泽东之歌①

穿过平原和草地,
穿过高山和大河,
直到那辽远的沙漠地方,
直到那波涛汹涌的海疆,
全中国人民站立在自己的土地上,
整个中国人民在高声歌唱。
这上面是明朗的天空,
这上面照射着太阳。

穿过平原和草地,
穿过高山和大河,
直到那辽远的沙漠地方,
直到那波涛汹涌的海疆,
全中国人民迎接自己的未来,
整个中国人民在争取解放。
这上面是明朗的天空,
这上面照射着太阳。

代表人民的意志,
毛泽东的声音震荡;
代表人民的旗帜,
毛泽东的手臂高扬。

---

① 自注:作于1941年,马可作曲。

他给同志们以坚强的信念,
他给同志们以无比的力量,
我们高呼着毛主席的名字,
这歌声传遍了四面八方。

代表人民的意志,
毛泽东的声音震荡;
代表人民的旗帜,
毛泽东的手臂高扬。
我们站立在毛泽东的周围,
他指示给我们以方向。

给土地和牛拉拉话

一

土地啊,
我要给你拉拉话!
我知道你不聋也不哑,
我的话儿你可都解下?

喂!叫那东边的雨来打,
叫那西边的风来刮。
汗珠珠流来泪珠珠撒,
过去的光景莫提它。

过去的光景莫提它,
汗珠珠流来泪珠珠撒,
土地,你翻个身儿盖上它,

土地啊,
迩刻你是我的啦,
我的话儿你可都解下?

我爱你像爱我妈,
我爱你又像爱我娃!

土地，你还在睡着啦，
土地，醒醒吧，醒醒吧！

你要多给我长些芽，
你要多给我开些花。
你伸手儿推开雪做的白绫被，
土地，醒醒吧，
你可知道冬天快完啦。

土地啊，
我要给你拉拉话，
我知道你不聋又不哑，
我的话儿你可都解下？

二

我的牛啊，
我要给你拉拉话，
我知道你不聋也不哑，
我的话儿你可都解下？

喂？你的前脚向上抬，
你的后脚往下踏。
这天又蓝来云又白，
我们那好太阳在空中挂。

我们那好太阳在空中挂。
不要嫌犁重来不要嫌耙压，
我的牛为了土地你才架起它。

我的牛呵,
迩刻你是我的啦,
我的话儿你可都解下?
我爱你像爱我的亲兄弟,
我爱你又像爱我娃。

我的牛,不能停下,
我的牛,还要走啊,还要走啊。

你要多给我出点力,
你要多把汗珠珠撒。
我跟你把新鲜的种子来撒下,
我的牛,还要走啊,
你可知道春天来到我们这边啦。

我的牛呵,
我要给你拉拉话,
我知道你不聋又不哑,
我的话儿你可都解下?

我的家

陕甘宁——我的家,
几眼新窑在这垯①。

这里是——我的庄稼:
谷子一片黄,
荞麦正开花,
你听那桃秫叶子哗啦啦啦想说啥②?

唔,还有这牛,这羊,
这一群黑油油的小猪娃。

暖堂堂的太阳头上照,
活闪闪,一杆红旗盆畔上插。

眼望这一片好光景,
叫我怎能不爱它?

革命前,真可怜呵……
咳,过去的光景不提它!
陕甘宁——我的家,
如今与前不同啦。

---

① 自注:这垯,西北方言,这里。
② 自注:桃秫,即高粱。

呃！你看，那桃秫地里，
有个黑影过来啦！

是狼？是狗？
还是什么坏家伙？

唔，看清啦：
是他们！

娃！把我的枪拿来，
咱要撵走这贼娃！

呵！
陕甘宁呵，我的家，
我怎能叫强盗来侵占，
我怎能不来保卫它？

1942年9月，延安

朱德歌[①]

在那些年头,
哭声哽住口;
在那些年头,
铁链锁住手;
在那些年头,
灾难压低了头。
忽然,大星星亮啦,
把我们的哭声来止住。

在那些年头,
孩子没有奶;
在那些年头,
灯里没有油;
在那些年头,
锅里没有粥。
忽然,他伸出手来,
他的声音把我们来招呼。

我们起来跟他走,
放下忧来抛下愁。
大星星照在前面,
我们抬起低下的头。

---

① 自注:1942年作于延安,李焕之作曲。

千年的土地要翻身，
万里的长途要到头。
他啊，朱德同志，
他是我们战斗的领袖。

我们起来跟他走，
勇敢前进不停留。
人民的希望担在肩，
战斗的武器拿在手。
井冈山上举红旗，
北上抗日成铁流！
前进，同志们，
跟随我们战斗的领袖。

我们起来跟他走，
刺刀开辟我们的路。
跨过风雪千万里，
跨过黑夜穿浓雾，
跨过不开花的荒凉道，
跨过同志们的尸首。
前进，同志们，
伟大的胜利在前边等候！

七枝花①

（花鼓）

什么花开花朝太阳？
什么人拥护共产党？
葵花儿开花朝太阳，
老百姓拥护共产党。
共产党，怎么样？
它给人民出主张——
老百姓拥护共产党。

什么花开花穿在身？
什么人的话儿要记在心？
棉花儿开花穿在身，
毛主席的话儿记在心。
毛主席，说什么？
"全心全意为人民"——
毛主席的话儿记在心。

什么花开花不怕雪？
什么军队打仗最坚决？
腊梅花开花不怕雪，
人民军队打仗最坚决。
为什么，最坚决？

---

① 自注：1943年2月作于延安，杜矢甲作曲。1945年日本投降后修改。

人民的敌人要消灭——
人民军队打仗最坚决。

什么花开花根连根？
什么军队和人民一条心？
荷花开花根连根，
解放军和人民一条心。
一条心，为什么？
军民本是一家人——
解放军和人民一条心。

什么花开花拦住路？
什么鬼怪要铲除？
蒺藜开花拦住路，
反动派鬼怪要铲除。
消灭反动派才能享幸福——
反动派鬼怪要铲除。

什么花开花千里红？
什么人发动了大反攻？
荞麦开花千里红。
解放军发动了大反攻。
大反攻，怎么样？
反动派一起消灭净——
解放军发动大反攻。

什么花开花迎春天？
什么人迎接胜利年？
迎春花开花迎春天，
中国人民迎接胜利年。

迎接胜利,怎么样?
团结一起走向前!

南泥湾[①]
(秧歌表演唱)

花篮的花儿香,
听我来唱一唱,
唱呀一唱——
来到了南泥湾,
南泥湾好地方,
好呀地方。
好地方来好风光,
好地方来好风光——
到处是庄稼,
遍地是牛羊……

往年的南泥湾,
处处是荒山,
没呀人烟……
如今的南泥湾,
与往年不一般,
不呀一般。
如呀今的南泥湾呀
与呀往年不一般——
再不是旧模样,
是陕北的好江南……

[①] 自注:1943年3月作于延安,马可作曲。

陕北的好江南,
鲜花开满山,
开呀满山——
学习那南泥湾
处处是江南。
又战斗来又生产,
三五九旅是模范……
咱们走向前,
鲜花送模范……

翻身道情①
（秧歌剧唱词）

太阳——出来呀，
（哎咳　哎咳哎咳　哎咳哎咳　哎咳哎咳　咳咳咳），
满山——红哎，（哎哎咳哎咳呀），
共产党救咱，翻了（哟嗬）身（哎咳呀）。

旧社会——咱们受苦的人，
人下——人哎，（哎咳哎咳呀），
受欺压一层又（哟）一层（哎咳呀）。
又（哟）一层（哎咳呀）。

打下的粮食，地主他拿走（哎咳呀），
咱受冻，又受饿，有谁来照应啊（哎咳呀），
毛主席领导咱平分土地（哎咳呀），
为的是叫咱们有吃有穿呀（哎咳呀）。

往年，咱们眼泪，肚里流（哎咳哎咳呀），
如今咱站起来，做了主人（哎咳呀），
天下的农民，是一家人（哎咳　哎咳呀），
大家团结，闹翻（哟）身（哎咳咿），大家团结闹翻身！

---

① 自注：1943年11月作于绥德，秧歌剧《减租会》中佃户组长唱。刘炽据《陇东道情》曲调改编。

青竹竿，穿红旗

青竹竿，穿红旗
一阵狂风遍地起！
逮住儿皇帝，
拔了太阳旗，
双脚跳出活地狱！

系红领，扎红带，
一心迎接红军来，
先打满洲里，
后进四平街，
红军来了大门开！

高粱叶子哗啦啦，
血海深仇"九·一八"。
那年十四的人，
如今二十八，
爹娘的冤仇要报答！

松花江，滚滚流，
十四年苦罪活受够。
我是中国人，
为什么做马牛？

从今后三千万人民要出头!

1945年8月,延安

行军散歌 (12首选6首)①

一 开差走了

芦花公鸡叫天明,
脑畔上哨子一哇声②。
打上行李背上包,
咱们的队伍开差走了。

满地的露水满沟的雾,
四十里平川照不见路。
荞麦开花十里红,
二十里路上歇一阵。

崖上下来了老妈妈,
窑里出来了女娃娃,
长胡子老汉笑开啦,
拦羊娃娃过来啦。

老妈妈手捧大红枣,
拉住我们吃个饱。

---

① 新注:日本投降后,1945年9—10月,作者随华北文工团从延安开赴华北解放区。
② 自注:脑畔,窑顶上,山坡。

把我们围个不透风,
手拉手儿把话明:

"水有源呀树有根,
见了咱八路军亲又亲。"

"金秋秋开花红缨缨长①,
到了前方打胜仗。"

"快快走了快快来,
人要不来信捎来。
山高路远信难捎,
要把你们的心捎到。
快把敌人都打垮,
回来给你们戴红花!"

1945年9月20日,
从延安出发到四十里铺

二 当天上响雷

当天上响雷格拉拉,
满沟里下雨活洒洒。
军衣淋得湿漯漯,
唱歌唱得格哇哇!

雨里遇见个老人家,
他家就住郭家塔
老人家年纪五十八,

---

① 自注:金秋秋,即玉蜀黍。

身上背着百来斤花①。

棉花重来路又滑,
跌倒在地实难爬。
我们上前搀起他,
替他把花背回家。

雷声阵阵响,
雨点阵阵大!
一步一步
　　看见了前边郭家塔。

"就到啦,
就到啦,
　　前面就是我的家!"

老汉拉住我们不肯放,
推开窑门让进了家。
先点一把火,
后烧一锅茶,
热炕上坐定把话拉。

1945 年 9 月 24 日,到郭家塔

三　枣儿红

一路上的枣儿属上这垯的红,
陕北的女娃属上这垯的俊。

---

① 自注:花,即棉花。

扛上长竿打红枣,
对对姐妹对对笑。

大队的八路军开步走,
大把的红枣塞进手。

"吃我的红枣不要钱,
嘴里吃了心里甜。"

"吃你的红枣我记账,
流水账写在枪尖上。"

"消灭了敌人勾了账,
回来再闻你枣花香!"

1945 年 10 月 5 日,吴堡

四　看见妈妈

满地的鸡娃叫咕咕,
老婆婆跪在当院簸桃秫。

糠皮皮落到她头发里,
汗珠珠洒到她簸箕里。

看见老婆婆脸上笑,
我的心里咚咚跳。

这婆婆的眉眼好熟惯,
好像在哪里见过面?

看前身好像是妈妈样,

看后影好像是亲娘!

眼前好像一场梦,
一脚踏进自家门!

…………

提起家来家乡远,
三千里外,隔水又隔山。

十四上离了自家门,
十六岁参加了八路军。

还记得那太阳落西山,
还记得那灶火冒青烟。

还记得满地的鸡娃叫咕咕,
还记得妈妈在院里簸桃秫。

还记得糠皮皮落到妈妈头发里,
还记得妈妈的汗珠落到簸箕里。

还记得我离家那一晚,
油灯直点到捻子干。

妈妈手拿棉花纺不成线,
泪水打得棉线断。

第二天她把我送出家门外,
我从那越走越远不回来。

……………

啊，可怎么今天回了家，
又看见自己亲妈妈！

妈妈啊，手里的簸箕快放下，
你看啊，儿子今天回来啦！

"年轻的八路军你认错了人，
擦干眼泪你看清！"

哦！年轻的八路军认错了人，
擦干眼泪，我啊，我看清：

我姓贺来她姓陈，
她原是本地的老百姓。

咳，妈妈呵，说我错认我没错认，
叫我看清我早看清。

人模样虽有千千万，
模样不同心一般！

八路军啊，老百姓，
本就是母子骨肉亲。

哪一棵桃秋不结籽？
哪一个穗穗不连根？

为了爹妈不受穷，
为了我们要翻身；

庄子里才出了我们扛枪的人，
土地上生长了我们八路军。

黑天白日打敌人，
千山万水向前进！

一天换一个地方扎，
一天就回一次家！

一天就回一次家，
一天一回看妈妈！

看见妈妈笑吟吟，
两手就能举千斤。

看见妈妈笑呵呵，
铁打的堡垒也冲破。

为了妈妈生和死，
水里来了火里去！

为了妈妈死和生，
烂了骨头也甘心！

1945 年 10 月 3 日，郝家坪

五　过黄河

风卷黄河浪，
一片闹嚷嚷，
大队人马来到河畔上。

船尾接船头,
船头接船尾,
艄公破水把船推。

人马上了船,
艄公收了纤,
吆喝一声船儿离了岸。

艄公扳转桨,
船儿调转头,
嗡啦啦排开顺水流。

船到河当中,
人心如拉弓,
七尺的大浪直往船边涌!

老艄稳稳站,
小艄用力扳,
声声吼叫震响万丛山。

青山高千丈,
太阳明晃晃,
赤身子的小艄站在船头上。

老艄眼瞅定,
胡采飘在胸,
他的那口号如军令。

黄河五千年,
天下第一川,

河上的风浪他熟惯。

扳过了大浪头,
大船靠了岸,
船头上跳下我们英雄汉。

头顶火烧云,
脚踏河东地,
五尺大步走向胜利去!

1945 年 10 月 5 日,碛口

六　临南民兵

清格朗朗的流水蓝格英英的山,
山前里一片大枣园。

东边一个塔来西边一个塔,
羊肠小路穿在当隔拉①。

村名就叫双塔村,
临南县里它有名。

绿叶里藏的枣儿红,
枣林里藏的众英雄。

人民的英雄是真英雄,
临南的民兵八百名。

---

① 自注:当隔拉,中间的意思。

八百条好汉集中受训练,
要上前方去参战!

射击投弹埋地雷,
各样的武艺都学会。

刺枪好比猛虎斗,
冲锋好像鱼儿游。

埋地雷好像龙戏珠,
投弹好像狮子滚绣球。

繁峙县有个摩天岭,
民兵的本领比它高三分。

西楚的霸王力气大,
比不上咱们民兵脚指甲。

武器拿在人民的手,
神担忧来鬼发愁。

前半月打了回离石城,
一声春雷遍地惊。

三五八旅英雄将,
临南民兵配合上。

大水漫了搁浅的船,
离石城叫咱围了个严。

离石的城墙五丈高,

顽固的敌人守得牢。

头一回冲锋没攻下，
接连着又把命令发。

第二道命令往下传，
民兵又把梯子搬。

一排炮打破了半拉城，
咱们的人马往里涌！

搁浅的船儿裂了缝，
水满船舱往下沉。

守城的敌人缴了枪，
跑走的叫民兵消灭光。

民兵和战士肩并肩，
小伙子个个都勇敢。

英雄的故事传遍河东地，
小杨树见了民兵也敬礼。

姑娘们给英雄献瓜果，
我给英雄们唱赞歌。

唱一阵歌来拉一阵话，
"太原城里再会吧！"

1945年10月9日，双塔村

送参军

(以下 4 首为 1946 年到冀中解放区作)

一

鸡冠花开花满院子红,
因为你参军我光荣。

鸡冠花开花红满院,
咱俩同意心情愿。

二

咱麦地里没有那扎扎草,
你不当那样的"草鸡毛"①。

咱家麦地里没有那蒲萝蔓②,
我不当拉尾巴的把你缠。

年轻的男人当了"草鸡毛",
羞不羞来臊不臊?

---

① 自注:"草鸡毛",北方讥语,胆怯的人。
② 自注:蒲萝蔓,一种蔓生的野草。

年轻的媳妇落了拉尾巴的名,
大伙的言语一阵风。

三

嘴唇贴在碗边上,
端起饭碗想一想。

贼羔子过来抢饭碗,
翻身的人们怎么办?

"草鸡毛"见了炕洞里藏,
英雄见了拿刀枪!

一盏明灯对面照,
咱俩的思想打通了。

四

七月的高粱先打苞,
第一个你就把名报。

一脚跳到台子上,
对着乡亲们把话讲。

东风刮得云往西,
人人的眼睛瞅着你。

你当火车头你挂钩,
全村的青年跟你就伴走。

风刮杨树叶哗哗响,
人人冲你拍巴掌!

我顺着人缝瞅一瞅,
心里高兴说不出口。

五

十八面大鼓二十四面钗①,
对对铜锣亮洒洒。

锣鼓当当震翻天,
大旗飘飘在头前。

里八层来外八层,
街上人们围得不透风。

村长给你拉上马,
指导员给你戴上花。

隔着人堆我挤不上去,
大伙儿关心不用我结记。

六

马上的红绸迎风飘,
年轻的英雄们上马走了!

---

① 自注:钗,即铜钹。

马蹄子踩得咯哒咯哒响,
尘土扬在大道上。

三十匹走马三十个人骑,
一般的模样我认不出了你。

瞅着人影慢慢小,
瞅着瞅着走远了。

心里喜欢脸上笑,
谁还有那些个眼泪往外掉?

七

马前的道路马后的土,
你只管向前莫退后。

一根鞭子你手里拿,
你别忘了夜黑价那句话①。

心思使在那枪头上,
力气用在那刀尖上。

为了土地、庄田、爹娘,还有我,
你勇敢打仗没有二话说!

1947年2月16日,冀中郝家庄

---

① 自注:夜黑价,意即昨天晚上。

笑

大雪飘飘,
大雪飘飘,
一阵北风
撕开了满天的棉花桃!
棉花桃
搂头盖顶往下落啊,
往下落!

好一个快活的农民翻身年呀,
你脚踏北风,
身披鹅毛,
满面红光,
欢天喜地来到了!

奔谁来呀?
奔我来。
——张老好啊,
我知道。

我迎出你大门外,
我迎上你人行道……
啊,耀眼的红灯!
震耳的鞭炮!

啊，东边"吹歌"响①，
西边锣鼓敲！

——这不是你吗？
你放羊的刘大采；
还有你呀，
当"善友"的孙二嫂②；
你，老明——咱农会主席；
你，三成——咱贫农代表；
…………

穷哥儿们呀，
好啊，好！
过年好！

——这是咱们的翻身年啊！
盘古开天辟地到如今，
这是头一遭！

张老好呵，
我笑，我笑！
我哈哈笑！

我笑得那石头裂开了嘴，
我笑得那大树折断了腰，
我笑得那刘三爷门前的旗杆
喀喳一声栽倒了！

---

① 自注："吹歌"，河北民间乐队组织，或作"吹歌会"。
② 自注："善友"，地主女仆。

"好子大伯，怎么啦？
疯了？傻了？
怎么一个劲儿地这么笑？"

怎么一个劲儿地这么笑？
孩子们啊，
眼前的这一桩奇景你瞧瞧：

那秋后的大麻，
叫人家把根削了，
把皮剥了，
水里浸了，
火里烧了，
沤了，烂了，焦了。

……一年两年过去了。
千年万载过去了。

啊！猛然间，
雷声响！——
天开了，
冰消了！
梦也梦不见的
春天来到了！
眼睁睁地，
它又发了芽，
它又长了苗！
绿油油的叶儿一"扑楞"①，
红登登的花儿迎风摇！

---

① 自注："扑楞"，形容植物枝叶茂盛的状态。

——我张老好啊,
受苦受罪的张老好,
啼哭了一辈子的张老好,
水里沤,火里烧,
喘不上气的张老好,
今天啊,翻了身了!

"热到三伏,
冷在中九,
活泼拉拉春打六九头。"
孩子们呵,
到了咱笑的节气了,
到了咱笑的年月了。

看着你,我笑,
看着他,我笑;
看着我的家,我的房;
看着我的锅,我的灶;
看着我一家大和小;
我笑啊,我笑!
我怎么能不笑?

……这一旁,
我的媳妇箩白面;
那一边,
我的老伴把饺子包。
她东间转,西间跑,
搁下担杖拿起筲①,
又忙拉风箱,

---

① 自注:筲,水桶。

又忙把火烧,
左手才把笼揭开,
右手又掂切菜刀……
哈哈!看着看着,
我又笑。

老婆子,
我笑的是你呀!
小心点,
别叫热气熏坏了眼,
别叫灶里的火苗烧坏了你那衣裳角!

呃,怎么啦?
谁又惹你不高兴:
平白无故,
你的脸色怎么改变了?
你低下了头,
弯下了腰,
泪珠子怎么又要往下掉?

咳!老娘们呀,别价了,
你思想的事儿我知道。
准又是你那个——
"苦根根呀苦苗苗,
受苦受罪的张老好,
咱给刘三爷扛活三十年,
熬白了头发累折了腰,
卖了咱那亲生女,
手提篮儿把饭要,
星星出呀星星落,
做梦也想不到有今朝!"

是的呀,老婆子,
这就是"翻身"呀,
这就是咱们的世道。

唔,小孙子,去,
把咱门上的对子,
给你奶奶念道念道,
大声点,告诉她——
"土——地——改——革——
农——民——翻——身——"
告诉她啊,这都是,
咱们共产党来领导!

可是呀,小孙子,
你也别笑话你奶奶啊,
要知道,
难过的日子,
叫你爷爷奶奶受完了,
好过的日子
叫你赶上了!
走吧,跟爷爷出去,
看看咱那才分的十五亩地,
——看看咱那"马兰道"①。

"马兰道"呀"马兰道",
你的主人我来了!
你看我围着你走,
你看我围着你绕,

---

① 自注:"马兰道",地块名。

三百二十单八步，
一十五亩，
分厘也不少。

"马兰道"呀，
你是我的命根子，
有了你，
我从今后日子过得好，
再不怕他活阎王刘三毛！

刘三毛呀，
叫咱扳倒了，
受苦的汉子挺起了腰！

……呃，巧！
可怎么，"说着曹操，
曹操就到？"

"啊，那不是刘三爷吗？
怎么狐皮风帽也不要了？
羔皮马褂也不罩了？
出门也不吩咐老好把车套了？"

"咳……好子叔……
您别……别逗笑………"

呸！我吐你一口！
你也会"叔"长"叔"短啦？
你改了你那老调啦？
怎么？还想不想叫我给你
磕头下跪，

端屎捧尿?
还想不想再逼我去卖亲生女,
再逼我三尺麻绳去上吊?

——告诉你吧,不行啦!
变了天啦!

你的那"荣华富贵"过去了,
这人们的"光明世界"来到了!

穷哥儿们呀,
时候到了:
该走的走了,
该来的来了。

花到如今——
该开的开了,
该落的落了。

事到如今——
该哭的哭了,
该笑的笑了。

弟兄们呵,
笑吧,笑!
哈哈笑!
让咱们男男女女,
老老少少,
翻了身的穷人一齐笑!

大采,

快把咱街上的红灯点着,
看咱们
"翻身"灯,
"解放"灯,
"胜利"灯,
"光荣"灯……
一盏两盏、千盏万盏一齐照!

三成!
叫咱"吹歌会"的好把式们
好好地吹来好好地闹!
吹出来,
咱们的
"快活"调,
"幸福"调,
"自由"调,
"团圆"调……
一番两番、十番百番,
吹他个红花满地落!

喂!
把咱那大鼓大铙,
也抬出来,
用劲地敲!
咳!把咱那大喇叭筒
也拿出来,
走上广播台,
大嗓地叫!
——普天下的人们呀,
都听着:
天翻了个了,

地打了滚了,
千百万穷汉子站起来了!

——亲爱的毛主席呀,
您听着:
只因为有了您,
咱们的苦罪再也不受了,
幸福的日子来到了!

——什么比海深呵?
什么比天高?
毛主席的恩情比海深呀,
受苦人的力量比天高!
——我们是,
千千万、
万万千,
环结环、
套结套,
紧又紧、
牢又牢,
铁打的长城心一条!

挑起大红旗呵,
吹起震天号!
踢开活地狱呵,
踏上光明道!

消灭他千年老封建,
推翻他蒋介石小王朝,
看咱们:
刨他的根,

挖他的苗!
迎着大狂风,
架起大火烧!

叫他在风里啼哭,
叫他在火里喊叫,
叫他们今天
在咱们脚下死掉!

我们抬头,
我们大笑!
笑啊,笑!
哈哈笑!
千人笑!
万人笑!
笑他个疾风暴雨,
笑他个地动山摇!
笑他个千里冰雪开了冻,
笑他个万里大海起了潮!

     1947年2月,冀中束鹿郝家庄

搂草鸡毛①

打锣鼓,放鞭炮,
火花钻天好热闹!
张庄街上人挤满,
喇叭筒叫喊闪开了道——
四面锣,四面鼓,
四杆大旗迎风飘,
八个英雄马上坐,
十字披红面带笑。
手挽缰绳挺起胸,
连叫"乡亲们您听着:
参军打老蒋,
咱们把名报!"
"翻身的人们志气高,
咱张庄的小伙子可没落了草鸡毛!"

英雄们说得正带劲,
咳!猛然有人喊"报告":
"快收锣鼓快卷旗,
这个事情不好了!
光顾咱村闹得好,
王庄的参军糟了糕,

---

① 自注:在参军运动中,村村挑战,如甲村未能完成计划,乙村参军青年即集队赴甲村游行示威,谓之"搂草鸡毛"。

小伙子们耷拉了脑袋泄了气,
到这会一个名字也没报!"

英雄们一听好气恼:
"王庄的人们真算孬!
咱张王二村挑的战,
为什么你们不沾了①?
好!乡亲们,快打马,
咱们到王庄搂搂他的草鸡毛!"

说打马,就打马;
说出发,就出发!
大旗一摆出了村,
人马直奔王庄道——
马尾接马头,
马头接马尾,
尘土滚滚遍地飞!

一阵子好跑没住脚,
眼下王庄来到了。
村头道边勒住了马,
冲着街里高声叫:
"王庄的人们出来吧,
叫咱们见识见识草鸡毛!"

这一句话儿还没落音,
忽然村里放鞭炮!
登时街上人挤满,
喇叭筒叫喊闪开了道——

---

① 自注:不沾,不行之意。

八面鼓,八面锣,
八杆大旗迎风飘,
十六个英雄马上坐,
双十字披红面带笑!

张庄的一看说:"毁了,
这回的草鸡毛大半搂差了……"

王庄的英雄赶上前,
开口就把张庄的叫:
"今天到此有什么事?
听说要搂俺王庄的草鸡毛?"

"哎,对……对不起,闹错了,
兄弟哥们担待着……"

"哼!隔着门缝来看人,
太把俺王庄看扁了。
对着大海你看不见深?
对着高山你看不见高?"

"咳……您别气,您别恼,
俺们给您赔礼了!"
张庄的上前一鞠躬,
王庄的点头还礼哈哈笑。
立时两村人马合一家,
手拉着手儿脚靠着脚;
肩膀头一比一般齐,
大旗一晃一般样的高。
这个说:"咱们翻了身,
参军都把名来报!"

那个说:"提起打老蒋,
谁不是火冒三丈高?"
"咳!翻身的小伙子挺胸站,
谁肯落一个草鸡毛?"

英雄们说得正带劲,
咳,猛然又有人喊"报告":
"快收锣鼓快卷旗,
这一回实打实的不好了!
光顾咱两村闹得好,
李庄的参军糟了糕,
小伙子们个个都是往后'捎'①,
到这会一个名字也没报!"

两村的英雄一听好气恼:
"李庄的人们真算孬!
刚说都是英雄汉,
一转眼就出了你们这草鸡毛?
咱三村挑的连环战,
就是你们不沾了?
好!乡亲们,快打马,
到李庄搂搂那实打实的草鸡毛!"

说打马,又打马;
说出发,又出发!
大旗一摆出了村,
人马直奔李庄道——
马尾接马头,
马头接马尾,

---

① 自注:"捎",读去声,后退之意。

尘土滚滚遍地飞!

一阵子好跑没住脚,
眼下李庄来到了,
村头道边勒住了马,
冲着街里高声叫:
"李庄的人们出来吧,
叫咱们见识见识实打实的草鸡毛!"

这一句话儿还没落音,
咳,又听村里放鞭炮!
登时街上人挤满,
喇叭筒叫喊闪开了道。
十二面锣,十二面鼓,
十二杆大旗迎风飘,
二十四个英雄马上坐,
全身披红面带笑。

张王二庄的一看说:"毁了又毁了,
这一回的草鸡毛又叫咱搂差了……"

李庄的英雄赶上前,
开口就把张王二庄叫:
"今天到此有什么事?
听说您两村合伙来搂俺李庄的草鸡毛?"
"哎,对……对不起,又闹错了,
兄弟哥们担待着……"

"哼,隔着筛子眼来看人,
太把俺李庄的看小了!
眼对着太阳你看不见亮?

头顶着青天你看不见高?"

"咳……您别气,您别恼,
俺们给您赔礼了!"
这边的上前一鞠躬,
那边的点头还礼哈哈笑。
立时三村人马合一家,
手拉着手来脚靠着脚;
肩膀头一比一般齐,
大旗一晃一般样的高。
这个说:"翻身得了地,
哪一棵高粱不打苞?"
那个说:"东方天要亮,
是公鸡谁不把名(明)报?"
"咳!抬起头来看一看,
实实在在没有一个草鸡毛!"

英雄们越说越带劲,
一声更比一声高!
哎,哪知道,赶得巧,
又有人截住话头喊"报告"……
"咳!去你的吧,别说了,
又是出了你的什么草鸡毛!
再不听你那一套,.
一回一回尽是胡造谣!"

"哎,哥儿们,别蹦套①,
这一回您是误会了,
这事情可是大不同,

---

① 自注:蹦套,牲口脱开绳套,喻人发怒。

您手搭凉棚四下里瞧——
东南一片尘土扬,
西北上风刮大旗飘,
看,各路的人马滚滚来,
铺天盖地来到了!"

"什么旗,什么号?
什么枪,什么刀?"
"翻身旗,翻身号!
英雄枪,英雄刀!"

为头的快马一阵风,
进了村口高声叫:
"咳!张王李庄的同志们,
快快打马奔大道!
翻身团里集合了①,
各路的英雄都来到!
就差你们三个村,
听说你们闲着没事来搂草鸡毛?
咳,瞎胡闹!
咱们千万人民都是英雄汉,
哪里去找什么草鸡毛!
同志们:快出发!
快上战场打胜仗,
南京城里去搂那真正的草鸡毛!"

咳!阵阵锣鼓阵阵号,
一阵阵人欢马又叫!

---

① 自注:翻身团,土改后农民参军组成新兵团,改编正规军前暂名翻身团。

千万英雄上战场,
老蒋兵败如山倒。
胜利的消息传万里,
南京城头红旗笑——
总统府里搜,
英雄脚下扫:
搂着了,搂着了,
这一撮实打实的草鸡毛!
火里扔,水里撩,
撒向东海浪滔滔……
太阳一出喊"报告":
人民的天下开始了!

1947 年 3 月初稿
1948 年 7 月修改

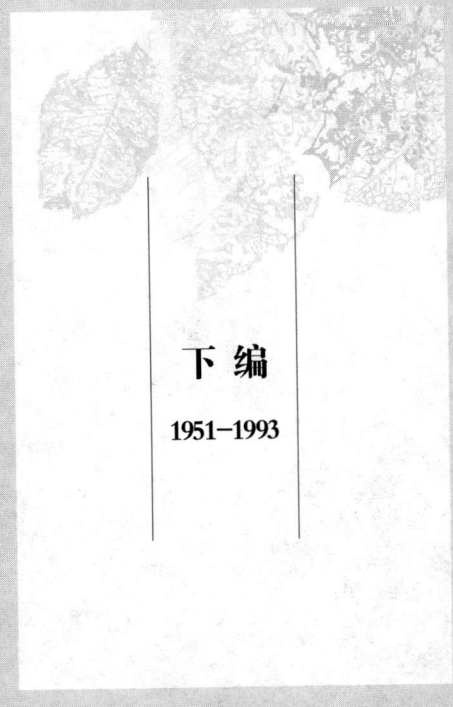

下 编

1951-1993

妈妈的眼睛真明亮

妈妈的眼睛真明亮,
好像两扇玻璃窗,
温暖的阳光照进去,
照见一个小姑娘。

小姑娘,真漂亮,
穿的一身花衣裳。
睁着两眼直看我——
我笑她也笑,
我唱她也唱……

啊,妈妈呀,
这个小姑娘就是我,
——难怪跟我一个样!

好妈妈,不要动,
我还看看后头什么样。
看见了,看见了:
墙上挂的毛主席像;
像底下,
那是爸爸的立功状;
又看见,又看见:
窗户外头石榴花,
一朵一朵正开放……

回延安

一

心口呀莫要这么厉害地跳,
灰尘呀莫把我眼睛挡住了……

手抓黄土我不放,
紧紧儿贴在心窝上。

……几回回梦里回延安,
双手搂定宝塔山。

千声万声呼唤你,
——母亲延安就在这里!

杜甫川唱来柳林铺笑,
红旗飘飘把手招。

白羊肚手巾红腰带,
亲人们迎过延河来。

满心话登时说不出来,
一头扑在亲人怀……

二

……二十里铺送过柳林铺迎,
分别十年又回家中。

树梢树枝树根根,
亲山亲水有亲人。

羊羔羔吃奶眼望着妈,
小米饭养活我长大。

东山的糜子西山的谷,
肩膀上的红旗手中的书。

手把手儿教会了我,
母亲打发我们过黄河。

革命的道路千万里,
天南海北想着你……

三

米酒油馍木炭火,
团团围定炕上坐。

满窑里围得不透风,
脑畔上还响着脚步声。

老爷爷进门气喘得紧:

"我梦见鸡毛信来——可真见亲人……"

亲人见了亲人面,
欢喜的眼泪眼眶里转。

保卫延安你们费了心,
白头发添了几根根。

团支书又领进社主任,
当年的放羊娃如今长成人。

白生生的窗纸红窗花,
娃娃们争抢来把手拉。

一口口的米酒千万句话,
长江大河起浪花。

十年来革命大发展,
说不尽这三千六百天……

四

千万条腿来千万只眼,
也不够我走来也不够我看!

头顶着蓝天大明镜,
延安城照在我心中;

一条条街道宽又平,
一座座楼房披彩虹;

一盏盏电灯亮又明,
一排排绿树迎春风……

对照过去我认不出了你,
母亲延安换新衣。

五

杨家岭的红旗啊高高地飘,
革命万里起高潮!

宝塔山下留脚印,
毛主席登上了天安门!

枣园的灯光照人心,
延河滚滚喊"前进"!

赤卫军……青年团……红领巾,
走着咱英雄几辈辈人……

社会主义路上大踏步走,
光荣的延河还要在前头!

身长翅膀吧脚生云,
再回延安看母亲!

1956年3月9日,延安

梦里的旅行

"妈妈呀,我做了一个好梦,
说给你,你一定要听。"

"唔,是什么好梦?
说吧,妈妈要听。"

"……我们二小队决定了一个伟大的
　旅行,
要在夜里紧急出动。

"唔,少先队的伟大旅行,
在梦里紧急出动。"

"……我们爬上北京的一个雪白雪白
　的塔尖,
一脚就登上了祖国的最高最高的山
　峰。"

"唔,从北海的白塔,
登上了珠穆朗玛峰。"

"……我们看见脚下的一朵朵的金花,
我们看见头上的一颗颗的银钉。"

"唔,看见了祖国的美丽风景,
看见了天上的许多行星。"

"……我们的领巾可怎么都显得太小?
裤脚儿顺着腿向上爬个不停?"

"唔,个子长得好快,
真像是神话里的英雄!"

"……我们的队长发出了一道命令:
马上行动!祝大家成功……"

"唔,一定是了不起的行动,
我也要祝你们成功。"

"……我们分头向天上飞去,
我的目标就是爸爸说的那颗星星。"

"唔,征服宇宙的英雄,
你的目标是火星。"

"……多么好啊,这个妙极了的火星,
爸爸可没有说清这里会是什么情形。"

"唔,你是火星的头一个客人,
谁也还说不准那里的情形。"

"……山啊、水啊、树啊、草啊,都向
 我瞪大眼睛,
……'不认识吗?二小队队员?来自
 北京'。"

"唔,是叫人有些吃惊,
少先队员的伟大旅行。"

"……妈妈呀,我决定在这里做很多
　事情,
可先要请示一下——队长、妈妈和北
　京。"

"唔,都在等着你们,
一切的事情要很快地进行。"

"……我发出电报、电话,给火星、木
　星、水星……
给亲爱的妈妈和亲爱的北京。"

"唔,少先队的电报、电话,
传遍了整个的天空。"

"……嘀嗒嗒嗒、丁铃铃铃……
嘀嗒嗒嗒、丁铃铃铃……"

"唔,电报电话响了很久,
恐怕是没有接通?"

"不,妈妈呀,早已接通了,
我已经给你说了半天话,报告了一切
　情形。"

"唔,你已经从火星上回来,
床头上的小闹钟先来欢迎。"

"……谢谢妈妈,听完我的报告,
请您指示吧,关于这次旅行……"

"太好了。太好的旅行。太好的梦。
我庆祝你们第一次试探的成功……"

"那么现在,快吃早饭,扎好领巾,
　正式出发吧——
早晨第一节课是算术——'鸡兔同
　笼'……"

"报告给我一个五分,再一个五分吧,
好像是火星上来的电报响个不停……"

"我希望你们在远征的路上一帆风顺,
成长吧,未来的征服宇宙的英雄!"

风　筝

啊，我的多么好、多么好的风筝，
飞上了多么高、多么高的天空！

是什么在你的翅膀上闪亮？
　　——是春天的阳光。
是什么把你的响笛儿吹动？
　　——是春天的风。

喂，把你的眼睛睁大吧，睁大，
　　你可看见了什么？
喂，把你的嗓子放大吧，放大，
　　你在歌唱些什么？

——啊，
望不到边的土地呀，
　　桃花、桃花、桃花……
望不到边的大海呀，
　　浪花、浪花、浪花……
望不到边的蓝天呀，
　　白云、白云、白云……
望不到边的工厂呀，
　　烟云、烟云、烟云……

——啊，亲爱的祖国，多么好！

风筝啊,你什么都看见了。
你飞吧,飞吧,飞得更高。
你牵着我手里的线,
牵呀,牵呀,我的心也叫你牵走了。

喂,风筝,告诉我吧,告诉我:
　　在浪花卷着桃花的海边,
你可看见,
　　英雄们的眼睛亮闪闪?
那是解放军在保卫亲爱的祖国,
啊,我的爸爸就在那英雄的行列中间。

亲爱的爸爸呀,多么好!
风筝呀,你可看见了。
你飞吧,飞吧,飞得更高。
你牵着我手里的线,
牵呀,牵呀,我的心也叫你牵走了。

喂,风筝,告诉我吧,告诉我:
　　在白云卷着烟云的厂房,
你可看见,
　　英雄们的眼睛闪闪亮?
那是工人们在建设亲爱的祖国,
啊,我的妈妈正工作在织布机旁。

亲爱的妈妈呀,多么好!
风筝呀,你可看见了。
你飞吧,飞吧,飞得更高。
你牵着我手里的线,
牵呀,牵呀,我的心也叫你牵走了。

啊，我的多么好、多么好的风筝。
啊，飞上了多么高、多么高的天空！
祖国的天空呀，
　　有多么好、多么好的太阳，
祖国的土地呀，
　　有多么好、多么好的春风……

1956 年 4 月

放声歌唱

一

无边的大海波涛汹涌……
啊,无边的
　　　　大海
　　　　　　波涛
　　　　　　　　汹涌——
生活的浪花在滚滚沸腾……
啊,生活的
　　　　浪花
　　　　　　在滚滚
　　　　　　　　沸腾!
啊啊!是何等壮丽的景象——
我们祖国的
　　万花盛开的
　　　　大地,
　　光华灿烂的
　　　　天空!
你,在每一天,
　　　在每一秒钟,
　　都展现在
　　　　我的眼前

　　　　　　　和我的
　　　　　　　　　心中。
我的心
　　合着
　　　　马达的轰响，
　　　　　　和青年突击队的
　　　　　　　　脚步声，
　　是这样
　　　　剧烈地
　　　　　　跳动！
我
　　被那
　　　　钢铁的火焰，
　　　　和少先队的领巾，
　　照耀得
　　　　满身通红！
汽笛
　　和牧笛
　　　　合奏着，
　　伴送我
　　　　和列车一起
　　　　　　穿过深山、隧洞；
螺旋桨
　　和白云
　　　　环舞着，
　　伴送我
　　　　和飞机一起
　　　　　　飞上高空。
……我看见
　　　　星光
　　　　　　和灯光

　　　　　　联欢在黑夜；
我看见
　　　朝霞
　　　　　和卷扬机
　　　　　　　在装扮着
　　　　　　　　　黎明。
春天了。
　　又一个春天。
黎明了。
　　又一个黎明。
啊，我们共和国的
　　　　万丈高楼
　　　　　　站起来！
它，加高了
　　　　一层——
　　　　　　又一层！
来！我挽着
　　　　你的手，
你挽着
　　　我的胳膊，
在我们
　　　如花似锦的
　　　　　道路上，
　　　　　　前进啊
　　　　　　　一程——
　　　　　　　　又一程！
在每一平方公尺的
　　　土壤里，
　　　　　都写着：
　　　我们的
　　　　劳动

　　　　　和创造；
在每一立方公分的
　　　空气里，
　　　　　　都装满
　　我们的
　　　　欢乐
　　　　　　和爱情。
社会主义的
　　　美酒啊，
　　　　　浸透
　　　　　　　我们的每一个
　　　　　　　　　细胞，
　　　　　　　和每一根
　　　　　　　　　神经。
把一连串的
　　　美梦
　　　　　都变成
　　　　　　现实，
而梦想的翅膀
　　　　又驾着我们
　　　　　更快地
　　　　　　　飞腾……
啊，多么好！
　　　　我们的生活，
　　　　　　我们的祖国；
啊，多么好！
　　　　我们的时代，
　　　　　　我们的人生！
让我们
　　放声
　　　　歌唱吧！

大声些，
　　　　　大声，
　　　　　　　大声！
把笔
　　变成
　　　　千丈长虹，
　　　　好描绘
　　　　　　我们时代的
　　　　　　　　多彩的
　　　　　　　　　　面容，
让万声雷鸣
　　在胸中滚动，
　　好唱出
　　　　赞美祖国的
　　　　　　歌声！

二

但是，
在我们
　　万花起舞的
　　　　花园里，
我看见
　　花瓣
　　　　在飘洒着
　　　　　　露水；
在我们
　　万人狂欢的
　　　　人海里，
我看见
　　那些睫毛的下面

　　　　　流下了
　　　　　　　眼泪……
啊，我知道——
　　最久的
　　　　最深的痛苦，
　　　　　常常是
　　　　　　无声的饮泣。
而最初的
　　最大的
　　　　欢乐，
　　　　　一定有
　　　　　甜蜜的泪水
　　　　　　　伴随！
"……啊，这是怎么回事？
这是谁？——
　　是他？
　　　是我？
　　　　还是你？
……这是在哪里？
　　在我的家？
　　　　我的街道？
　　在我们自己的
　　　　土地？……"
是什么样的神明
　　施展了
　　　　这样的魔力，
生活啊
　　怎么会来得
　　　　这样神奇？——
长安街的
　　夜景啊

怎么竟这样迷人？
大兴安岭的
　　林场啊
　　　　怎么竟如此美丽？
一片汪洋的
　　淮河两岸
　　　　怎么会
　　　　　　万顷麦浪？
百里无人的
　　不毛之地
　　　　怎么会
　　　　　　烟囱林立？
为什么
　　沙漠
　　　　大敞胸怀
　　喷出
　　　　黑色的琼浆？
为什么
　　荒山
　　　　高举手臂
　　奉献出
　　　　万颗宝石？
啊，我的曾是贫困而孤独的
　　　　乡村，
　　　　　　今夜
　　　　　　　　为什么
　　　　　　　　　　笑语喧哗？
我的曾是满含忧愁的
　　城镇，
　　　　为什么
　　　　　　灯火辉煌

　　　　　　　　　彻夜不息？
为什么
　　那放牛的孩子，
　　此刻
　　　　　会坐在研究室里
　　　　　　写着
　　　　　　　他的科学论文？
为什么
　　那被出卖了的童养媳，
　　　　今天
　　　　　会神采飞扬地
　　　　　　驾驶着
　　　　　　　她的拖拉机？
怎么会
　　在村头的树荫下，
　　　那少年飘泊者
　　　　　和省委书记
　　　　　　一起
　　　讨论着
　　　　关于诗的问题？
怎么会
　　在怀仁堂里
　　　那老年的庄稼汉
　　　　和政治局委员们
　　　　　一起
　　　研究着
　　　　关于五年计划的
　　　　　决议？
甘薯啊，
　　为什么这样大？
苹果啊，

　　　　为什么这样甜？
爱人啊，
　　　　为什么这样欢欣？
孩子啊，
　　　　为什么这样美丽？……
啊，第一声
　　　　由衷的
　　　　　　　笑语，
　　　第一口
　　　　甘美的
　　　　　　　乳汁，
啊，第一次
　　　　走上
　　　　　　天安门的台阶，
第一次
　　跨进
　　　　青年作者的选集，
第一架
　　自己的喷气式飞机
　　　　在天空歌唱，
第一辆
　　解放牌汽车
　　　　在道路上奔驶……
啊！我们
　　生命的
　　　　彩笔，
蘸着欢乐的
　　泪水，
在我们的自传
　　和我们祖国历史的
　　　　纸页上，

写着的
　　　　是千万个：
"第一……
　　　"第一……
　　　　　"第一……"
而你啊，
　　　"命运"姑娘，
　　　　　你对我们
　　　　　　　曾是那样的残酷无情，
但是，今天
　　　你突然
　　　　　目光一转，
　　　　　　　就这样热烈地
　　　　　　　　爱上了我们，
而我们
　　　也爱上了你！
而你啊，
　　　"历史"同志，
你曾是
　　　满身伤痕、
　　　　　泪水、
　　　　　　　血迹……
今天，我们使你
　　　　这样地骄傲！
我们给你披上了
　　　绣满鲜花、
　　　　　挂满奖章的
　　　　　　新衣！

但是，
　　　为什么？

　　　　为什么?
　　　　　　　为什么?
为什么会这样?
　　　回答吧,
　　　　　　这个问题。
当然,
　　　这并不是
　　　　　　什么难题,
　　　答案,
　　　　　　就在这里——
就是
　　　他!
　　　　　　我!
　　　　　　　　和你!
"人民"——
　　　我们壮丽的
　　　　　英雄的
　　　　　　　名字!
在中国的
　　　神话般的
　　　　　　国度里,
创造一切的
　　　神明
　　　　　正是
　　　　　　我们自己!
但是,
　　　在我们心脏的
　　　　　　炉火中,
　　　在我们血管的
　　　　　　激流里,
　　　燃烧着、

　　　　　沸腾着的，
　　　　却有一个共同的
　　　　　最珍贵的
　　　　　　　元素，
　　　　我们生命的
　　　　　永恒的
　　　　　　　活力——
这就是：
党！
我们的党！
党的
　　　血液，
　　　　　党的
　　　　　　　脉搏，
　　党的
　　　旗帜，
　　　　　党的
　　　　　　　火炬！——
党，
　　　使我们这样地
　　　　　变成巨人！
党，
　　　带领我们
　　　　　这样地
　　　　　　　创造了奇迹！
读吧，
　　　念吧，
　　　　　背诵吧！——
在我们辽阔的大地上
　　铭刻着的
　　　　　就是这个

　　　　　　真理，
在我们伟大人生的
　　　怀抱里，
　　　　　隐藏着的
　　　　　　　就是这个
　　　　　　　　秘密！

三

……春风。
　　　　　秋雨。
晨雾。
　　　夕阳。……
……轰轰的
　　　　车轮声。
踏踏的
　　　脚步响。……
啊，《人代会决议》，
　　　和新中国地图
　　　　　　在我手中，
　　　党员介绍信
　　　　　紧贴着
　　　　　　　我的胸膛。
我走进农村。
　　　我走进工厂。
我走向黄河。
　　　我走向长江。……
五月——
　　　　麦浪。
　　八月——
　　　　海浪。

桃花——
　　　　　　南方。
　　　　雪花——
　　　　　　　　北方。……
我走遍了
　　　我广大祖国的
　　　　　　每一个地方——
呵，每一个地方的
　　我的
　　　　每一个
　　　　　　故乡！

……在高压线
　　　　飞过的
　　　　　　长城脚下，
在联合收割机
　　滚动着的
　　　　　　大雁塔旁，
在长江大桥头的
　　黄鹤楼上，
在宝成铁路边的
　　古栈道旁……
我看见
　　　你们——
　　　　　我们古代的诗人们！
你们正站在云端
　　　向我们
　　　　　眺望。
在我们的合唱声中，
　　传来
　　　　你们的惊叹声，

在我们的工作服上,
　　　投下
　　　　　你们羡慕的眼光……
呵,我熟读过你们的
　　　《登幽州台歌》、
　　　　　《茅屋为秋风所破歌》……
　　　　　　那无数美妙的
　　　　　　　　诗章。
但是,
　　面向你们,
　　　　我
　　　　　如此地骄傲!
我要说:
　　我们的合唱
　　　　比你们的歌声
　　响亮!
啊啊……"前不见古人"……
但是,
　　后——有——来——者!
莫要
　　"念天地之悠悠"吧,
莫要
　　"独怆然而涕下"……
"君不见"——
　　"广厦千万间"
　　　　已出现在
　　　　　　祖国的
　　　　　　　"四野八荒"!
啊,我们的前辈古人,
　　希望啊,
　　　　希望,

135

　　　　　希望，
　　　梦想啊，
　　　　　梦想，
　　　　　　　梦想……
而你们何曾想见
　　　今日的祖国
　　　　　是这样的
　　　　　　　灿烂辉煌！
你们的千万支神来之笔啊
　　　怎么能写出
　　　　　我们时代的
　　　　　　　社会主义的
　　　　　　　　　锦绣文章?!
"语不惊人死不休"——
　　　　　又向哪里
　　　　　　去找
　　　　　　　　这最壮丽的语句——
　　　"党！"
　　　"我们的党！"
党啊——
　　　我们祖国的
　　　　　青春
　　　　　　和光荣，
党啊——
　　　我们社会主义事业的
　　　　　信心
　　　　　　和力量！……

　　　啊！我走进
　　　　　我的支部。
　　　我走进

    我的厂房。
我打开
  星光灿烂的
    《毛泽东选集》，
我登上
  "红旗漫卷西风"的
    山岗。
我踏着
  工农红军的
    二万五千里足迹，
我翻过
  党的伟大史诗——
    千山万岭的篇章……
从第一个
  共产主义小组，
    到今天的
      我的支部——
我们的党员名单
  是何等壮丽的
    英雄榜！
我们党的心
  和六万万人民的心
    结成的联盟，
  是何等伟大的
    铁壁铜墙！
我听见：
  我们的大地上
    卷起的
      入党宣誓的
        不息的风暴！
我看见：

　　　　千万双手
　　　　　　举起的
　　　　　　　　入党申请书的
　　　　　　　　　　海洋！——
"啊！我们依照
　　　　先烈的榜样，
　　为实现
　　　　共产主义的理想，
让我们
　　把一切
　　　　献给
　　　　　　亲爱的祖国吧！
让我们
　　把一切
　　　　献给
　　　　　　亲爱的党！……"
啊，今天——
　　　　我们亲爱的党
　　　　　　三十五周岁的
　　　　　　　　诞辰——
"七·一"！
　　伟大的共和国纪元后的
　　　　第七个
　　　　　　"七·一"！——
我们又该怎样
　　十倍地欢呼呵，
　　　　百倍地
　　　　　　歌唱？！
但是，
　　并没有举行
　　　　盛大的纪念，

并没有
　　　雷动的掌声、
　　　　　手臂的森林
　　　　　　　出现在
　　　　　　　　　会场、广场。
……在中南海，
　　　那一张
　　　　　朴素的写字台旁，
毛泽东同志
　　　正在起草
　　　　　党的第八次大会的开幕词；
在国务院，
　　　第二个五年计划的建议书上
　　　　　正凝结着
　　　　　　　并肩的人影
　　　　　　　　　和午夜的灯光。
在统战部，
　　　党的代表
　　　　　正和朋友们一起，
倾谈："长期共存，
　　　互相监督"；
在科学艺术大厅，
　　　党的语言
　　　正像春雷一样
　　　　　唤起：
　　　　　　　"百家争鸣"，
　　　正像春风一样
　　　　　吹开：
　　　　　　　"百花齐放"！……
啊！在千万个
　　　矿井

　　　　　　　和织布机旁，
　　　煤炭
　　　　　和布匹的
　　　　　　　洪流，
　　　又在突破
　　　　　定额的
　　　　　　　水位；
在千万顷
　　　稻田
　　　　　和麦地里，
　　　早稻
　　　　和新麦的
　　　　　　行列，
　　　正千军万马
　　　　　奔向
　　　　　　　粮仓！……
啊啊，正是这样！
在节日里，
　　我们的党
　　　　没有
　　　　　　在酒杯和鲜花的包围中，
　　　　　　　　醉意沉沉。
　　党，
　　　　正挥汗如雨！
　　　　　　工作着——
　　　　在共和国大厦的
　　　　　　建筑架上！
啊啊，正是这样！
党的伟大纪念日，
　　　像共和国的
　　　　　　每一个工作日

　　　　　一样地
　　　　　　　忙碌、紧张。
但是,
　　在我们忙碌、紧张的
　　　　　每一个工作日里,
难道我们不是
　　每时每刻
　　　　在纪念着
　　　　　　我们的党?!
啊,我们共和国的
　　　　每一个形象里,
　　每时每刻
　　　　都在显现着——
　　　　　　党的
　　　　　　　　历史,
　　　　　　　　　党的
　　　　　　　　　　光荣,
　　都在活跃着——
　　　　　党的
　　　　　　　思想,
　　　　　　　　党的
　　　　　　　　　力量。
你听,
　　你听!——
省港大罢工的
　　呼号声,
　　　　在我们的
　　　　　鼓风炉里
　　　　　　　正呼呼作响,
你看
　　你看!——

　　　　南昌起义的
　　　　　　鲜血
　　　　　　　　在我们的
　　　　　　　　　　炼钢炉中
　　　　　　　　　　正滚滚跳荡!
　　啊,在农业合作社的
　　　　　　麦场上,
　　　　　　　　正飘扬着
　　　　　　　　　　秋收起义的
　　　　　　　　　　　　不朽的红旗!
　　　在基本建设的
　　　　　　工地上,
　　　　　　　　正闪耀着
　　　　　　　　　　延安窑洞的
　　　　　　　　　　　　不灭的灯光!……
　　啊!井冈山——
　　　　　　宝塔山!
　　　　　　　　——我们稳固的基石,
　　老红军——
　　　　老八路!
　　　　　　——我们的钢骨铁梁!
　　这就是
　　　　我们共和国大厦的
　　　　　　质量的保证!
　　这就是
　　　　为什么
　　　　　　我们的万丈高楼
　　　　会这样地
　　　　　　坚强雄伟
　　　　　　　　——青云直上!

让科学的最新成就——
　　　示踪原子
　　　　　来检验
　　　　　　　我们的工程吧！
让历史上
　　　我们前辈的奠基者
　　　　　和后辈的验收员们
　　　　　　　来品评我们——
　　　给我们应得的
　　　　　鉴定
　　　　　　　和赞扬！……
啊，请我们光荣的祖先
　　　　　登上
　　　　　　　我们万丈高楼的
　　　　　　　　　楼梯，
让老人家说：
　　　"我们值得骄傲的子孙！
　　　　　给我们看到了
　　　　　　　我们梦想不到的
　　　　　　　　　天堂……"
啊，请我们革命的先烈
　　　　　巡视
　　　　　　　我们的大地，
让他们说：
　　　"我们的鲜血得到了报偿。
　　　　　后来的同志们
　　　　　　　在实现
　　　　　　　　　我们的理想……"
啊，请伟大的马克思、列宁
　　　　　走上
　　　　　　　我们党代表大会的

　　　　　　　主席台，
让导师们说：
　　　"我们的预言实现了。
　　　　　社会主义的曙光
　　　　　　　已出现在东方！"
啊，请未来世纪的公民们
　　　　　聚集在
　　　　　　　我们建设的蓝图上，
让孩子们说：
　　　"我们的生活更美丽，
　　　但是，
　　　　　毛泽东同志工作的
　　　　　　　那个时代，
　　　　　给我们开辟的道路
　　　　　　　已经是
　　　　　　　　　那样宽广！……"

啊！公民们！
　　同志们！
我们的生命
　　　就是活在
　　　　　这样的时代！
我们的双脚
　　　就是踏在
　　　　　这样的道路上！
世上
　　还有什么
　　　　更大的
　　　　　　欢乐
　　　　　　　和骄傲？！

世上
　　还有什么
　　　　更大的
　　　　　　光荣
　　　　　　　　和力量?!——
"我，
　　中国共产党党员。"
"我，
　　中华人民共和国公民。"
"我，
　　社会主义事业的
　　　　建设者。"
"我，
　　毛泽东同志的
　　　　同时代人。"
啊！假如我有
　　　　一百个大脑啊，
我就献给你
　　一百个；
假如我有
　　一千双手啊，
我就献给你
　　一千双；
假如我有
　　一万张口啊，
我就用
　　一万张口
　　　　齐声歌唱！——
歌唱我们
　　伟大的
　　　　壮丽的

　　　　　新生的
　　　　　　　　祖国！
歌唱我们
　　伟大的
　　　　光荣的
　　　　　　正确的
　　　　　　　　党！！

四

而现在，
在我的
　　献给祖国、
　　　　献给党的
　　　　　　诗篇里，
我要来歌唱，
　　关于：
　　　　我——
　　　　　　我自己。
啊，
　　"我"，
　　　　是谁？
我啊，
　　在哪里？
……一望无际的海洋，
　　　海洋里的
　　　　　一个小小的水滴，
一望无际的田野，
　　田野里的
　　　　一颗小小的谷粒……
——我啊，

　　　　一个人
　　　　　　有什么
　　　　　　　　意义？
为什么
　　要把我自己
　　　　提起？
……一个寒冷的黑夜。
在一间
　　漆黑的
　　　　茅屋里：
一块残缺的
　　炕席，
　　　　一床破烂的
　　　　　　棉絮——
我，
　　生下来了……
我的
　　第一声
　　　　呼喊，
唤起
　　母亲的
　　　　连声叹息：
"天呵！
　　叫我怎么养活呵——
　　　　这个可怜的小东西？……"

……在一片荒凉的土地上。
一个
　　可怕的
　　　　天气！
刮着

大风，
　　　下着
　　　　　大雨。
我，
　　奔跑着，
　　　　　奔跑着……
　　跌倒在
　　　　泥水里，
　　　　　　怎么
　　　　　也爬不起……
我的慌乱的眼光，
　　迎着
　　　　父亲的
　　　　　　严厉呵斥：
　　"看你！就是这个样子！
　　　命里注定：
　　　　　　一辈子不会有
　　　　　　　　什么出息！……"

啊！我亲爱的母亲！
现在，
　　我已经
　　　　三十二岁。
　　父亲呵，
　　　　你看！
　　我
　　　　站在
这里！——
　　在这
　　　镰刀锤头和五星
　　　　交相辉映的

　　　　　　旗帜下，
　　在我们亿万人
　　　　　肩并肩、臂挽臂
　　　　　　　前进的
　　　　　　　　　行列里！
我啊
　　在党的怀抱中
　　　　　长大成人，
　　我的
　　　　鲜红的生命
　　　　　　写在这
　　　　　　　鲜红旗帜的
　　　　　　　　皱褶里。
祖国啊，
　　　你给我
　　　　　无比光荣的名字：
　　　　　　　"公——民"，
党啊，
　　　你给我
　　　　　至高无上的称号：
　　　　　　　"同——志"！
我的工作：
　　　为祖国
　　　　　劳动
　　　　　　和歌唱，
我的誓词：
　　　"为共产主义
　　　　奋斗
　　　　　到底！"

啊，在党委组织部的

　　　　　档案袋中，
　　我的眼睛
　　　　　正闪闪发光，
在人民共和国的
　　　　公民簿上，
　　我的头
　　　　正高高地
　　　　　　昂起！
我啊，
　　和我们的
　　　　毛主席
　　　　　　一起
　　　　　　　　呼吸，
我啊，
　　和我的同志们
　　　　　一起攀登
　　　　　　　共和国大厦的
　　　　　　　　　阶梯。
在祖国
　　千里江山的
　　　　　画图中，
　　有
　　　　我的身影！
在万里晴空的
　　　明镜里，
　　　　映照出：
　　　　　　我面前的道路，
　　　是
　　　　　这样的
　　　　　　　壮丽！……
啊，也许

　　　　白发的积雪
　　　　　　将会淹没
　　　　　　　　我的头顶,
也许
　　岁月的河流
　　　　将会冲去
　　　　　　我许多的记忆,
但是,我
永远地
　　永远地
　　　　不会衰老,
因为,你——
　　　　党啊
　　　　永远地……
　　　　　　永远地
　　　　　　　　在我心里!

我的少年先锋队的孩子们啊,
　　让你们的红领巾
　　　　飘拂着
　　　　　　远航的白帆,
　　千百次地
　　　　从我的眼前
　　　　　　闪过吧!
　　我祝福你们,
　　　　但是,
　　　　　　并不叹息——
　　　　说在我的
　　　　　　少年流浪的
　　　　　　　　道路上,
有多少回

　　　　饥渴、
　　　　　　眼泪、
　　　　　　　　伤寒、
　　　　　　　　　疟疾……
我的共青团员兄弟们啊，
　　让你们的
　　　　显微镜片
　　　　　　和毕业证书，
　　千百次地
　　　　在我的面前
　　　　　　闪耀吧！
　　我羡慕你们，
　　　　可是，
　　　　　　并不妒忌……

啊！……
在那座
　　倒坍的文昌庙
　　　　隐蔽的
　　　　　　角落里，
我，
　　和我的小伙伴们，
　　　　躲过
　　　　　　三青团的
　　　　　　　　狗眼，
　　在传递着
　　　　传递着
　　　　　　我们的
　　　　　　　　"火炬"——
　　啊，我的

　　　　　《新华日报》①，
　　我的
　　　　　《大众哲学》②，
　　我的
　　　　　《解放周刊》③，
　　我的
　　　　　《活跃的肤施》④！……
——"决定吧?!"
——"决定了!!"
"我们
　　　　到'那边'去！——
　　　　到
　　　　　　我——们——的
　　　　　　　　延——安——去！"……

啊，我的共和国的千百万母亲啊，
　　在每一分钟内，
　　　　有多少个婴儿
　　　　　　诞生在
　　　　　　　　你们的怀抱里！
而我的
　　真正的生命，
　　　　就从
　　这里
　　　　开始——
在我亲爱的

---

① 自注：《新华日报》，当时党在国民党统治区出版的机关报。
② 自注：《大众哲学》，艾思奇著。
③ 自注：《解放周刊》，当时出版的党刊。
④ 自注：《活跃的肤施》，当时流行的报道延安的小册子。肤施，即延安。

延河边,
　　　　在这黄土高原的
　　　　　　　　窑洞里!
啊,我睁开
　　　初生婴儿的眼睛,
　　　　　　推开
　　　　　　　　窑门——
"同志,请问:
　　　　干部处
　　　　　　是不是
　　　　　　　　在这里?"
"啊,欢迎你,
　　小鬼!
　　　　到延安来
　　　　　　参加革命……
好。
　　　　在这张登记表上
　　　　　　写上吧,
　　　　　　　　你的名字、
　　　　　　　　　　履历。
一会儿,
　　　到管理员同志那里
　　　　　　去领
　　　　　　　　你的碗筷。
你的军装
　　　要'三号'的,
——唔,不过裤脚
　　　　　还得卷起……"

啊!现在,我的祖国啊,
　　你把千斤的重担

　　　　千百次地
　　　　　　放在我的肩头吧，
　　我要说：
　　　　我能够
　　　　　　担得起！
即使有
　　再凶恶的病毒
　　　　向我扑来，
也不会
　　把我
　　　　摧毁！
因为
　　我是吃了
　　　　延安的小米饭
　　　　　　长大的啊，
我喝过了
　　流过枣园和杨家岭的①
　　　　延河的
　　　　　　奶汁！……

啊，现在，
我的老同志！
　　我听见：
　　　　你的声音
　　　　　　又从山沟里
　　　　　　　　响起来——
"同志们！
日本人又在敌后

---

① 自注：枣园，延安时代党中央书记处所在地；杨家岭，党中央委员会所在地。

　　　　抢粮了……
边区周围,
　　　胡宗南
　　　　　又增加了兵力——
是的,咱们的粮食,
　　　　　又有些困难,
从今天起,
　　　　　我们要吃
　　　　　　　稀的。
不过,这点困难,
　　　　　'呀呀唔'哟①,
　　　　　　——比起我们
　　　　　　　在雪山、草地……
……倒是你,
　　　顶得住吗?
　　　　　小鬼?"
——啊!
　　——我!
"我吗?
　　我保证:
　　　　没有问题!"
"好!把我的这半碗,
　　　　分给你。
吃饱吧!
饭后,
　　　我们要开
　　　　　五垧荒地!
注意,手别打泡。
准备好

---

① 自注:"呀呀唔",当时老红军干部的口头语,意即小意思,不值一谈。

笔记。
下午的课——
　　毛主席的
　　　　《中国革命战争的战略问题》……"

啊，我的欢乐的大地！
现在，
在你的白天，
　　响起
　　　　多少美妙的歌声，
在你的夜晚，
　　有多少幸福的小公民，
　　　　睡在
　　　　　　温暖的摇篮里！
让我
　　也给我的小女儿
　　　　唱起催眠歌来吧……
但是，我
　　怎么能不
　　　　又回到
　　延河边的
　　　　那些夜里？——
啊！好冷！
　　　　可是，
　　　　　　又多么的
　　　　　　　　甜蜜！……
杨家岭的灯火啊，
　　在风雪中
　　　　闪亮，
　　　　　　闪亮……
风，

　　　　卷着刮断的冰柱，
　　　　　　正向
　　　　　　　　这里的门窗
　　　　　　　　　　敲击。
　啊，用口里的热气
　　　　呵着
　　　　　　笔尖，
　在工作着！
　他啊——
　　　我们的
　　　　　毛主席！……
　而我，
　　　和我的同志们
　　　　　　睡在
　　　　　　　　我们的窑洞里。
　一个黑影，
　　　走进来——
　　　　　　悄悄地
　　　　　　　　悄悄地……
　伸向我
　　　他的冰冷的
　　　　　　手指。
　"唔，是你！"
　　　　——我们的
　　　　　　　教员同志：
　"怎么，又冻醒了吧？"
　"不，不是……
　　……我是在想，
　　　　　在想，
　　　　　　　　小组会的讨论：
　关于

　　　　克服
　　　　　　　非无产阶级的意识……
　　　还有,
　　　　　我,
　　　　　　　想写
　　　　　　　　　一首诗……"
"但是,小鬼,
　　你要睡觉啊!
给你这个,
　　　——我的这件
　　　　　　破大衣。
这样捆起来,
　　　非常暖和。
这办法,
　　　是我在监狱里
　　　　　　发明的,
　　现在,
　　　我教给你……
……好……睡吧。
躺进去。
　　　合上眼皮。
马上,
　　你就会走进
　　　　走进
　　　　　——'社会主义'……"

啊!现在,
　　　在我的眼前——
　　　　　　出现了!
天——安——门
　　你啊

　　　　　　在这里！……
共和国的
　　惊天动地的
　　　　礼炮，
　　　　　　响起来！
　　　　　　　　响起来！
五彩缤纷的
　　礼花，
　　　　高高地
　　　　　　升起！
　　　　　　　　升起！……
在我们
　　浩浩荡荡的
　　　　欢腾的
　　　　　　人海里，
我，
　　走来了，
　　　　打着我的
　　　　　　红旗！……
"啊，去吧，
　　我的孩子！
　　　　我的战士！
北京，
　　在等候你……"
我的母亲——延安，
　　把十三斤半的背包，
　　　　放在
　　　　　　我的肩头，
　　把马兰纸的
　　　　《整风文献》
　　　　　　和《七大决议》，

　　　　　放在
　　　　　　　　我的口袋里：
"是的，任务
　　　　　非常艰巨，
但是，你们将在
　　　　　那里
　　　　　　　　胜利会师。
代我问候
　　　我日夜想念的
　　　　　　天安门吧，
告诉她说
　　　你们是
　　　　　延安来的！"——
啊，我就是
　　　　这样地来了，
　　　在母亲延安
　　　　　跷脚远望的
　　　　　　　目光里……

啊，黄河的怒涛，
　　　　　是怎样地
　　　　　　　冲击着
　　　　　　　　　我的胸膛！……
啊，张家口的烟火，
　　　　　是怎样地
　　　　　　烧红
　　　　　　　　我忿怒的眼睛！……
啊，大平原的
　　　清算、土改的风暴，
　　　　　是怎样地
　　　　　　卷起

　　　　　　我沸腾的血液！
　　啊，华北战场的
　　　　　枪林弹雨，
　　　　　　　是怎样地
　　　　　　　　撕碎
　　　　　　　　　　我层层的军衣！……
　　啊啊！我就是这样地
　　　　来了！
　　　　和我的同志们，
　　　　　　从四面八方
　　　　　　　从各个战场，
　　　　　　　我们相逢
　　　　　　　　在这里！
　　让我们
　　　　用胜利者的手臂，
　　　　　　搂抱得
　　　　　　　　更紧些，
　　　　　　　　更紧些呵！
　　让眼泪的喜雨
　　　　湿透我们的
　　　　　　这第一套
　　　　　　　节日的新衣！
　　啊，让你的
　　　　　沾满尘沙的皱纹
　　　　　　　在这欢呼的潮水中
　　　　　　　　飘荡吧，
　　　　让我的
　　　　　早生的白发，
　　　　　　扑打
　　　　　　　这胜利的红旗！……

但是，现在——
我的老战友们啊！
　　我们不能
　　　　　在昆明湖的画舫里
　　　　　　　　谈笑得太久；
我的红领巾们啊，
我不能
　　在回音壁下，
　　　　再一次
　　向你们讲说
　　　　我过去的回忆！
就在我们
　　呼吸着的
　　　　　现在——
　　　　　　这
　　　　　　　一秒钟里，
啊，我们革命的战马，
　　　　在社会主义的征途上
　　　　　又
　　　　　　远去千里！
——从雅鲁藏布江边的"林卡"，
　　　到萝北草原的荒地，
有多少消息
　　报告着：
　　　　　"完成……"
　　　　　　　"完成……"
而我们的千万种计划书呵，
　　又伸出手来，
　　　指着
　　　　　我们的大地——
　　向我们

　　　　千呼万唤:
　　"开始呵!
　　　　开始!……"

啊,我的
　　　新鲜的
　　　　　活跃的
　　　　　　　忙碌的
　　　　　　　　　生命!
　　饱饮
　　　共和国每一个早晨的
　　　　　露珠,
　　沾满
　　　我们的新麦
　　　　　和原油的
　　　　　　　香气,
　　我啊
　　　前进,
　　　　前进!
　　　　　永不停息。
啊,我知道:
我们共和国的道路
　　　并不是
　　　　　一马平川,
　　　面前,
　　　　　还有望不断的
　　　　　　　千沟万壑,
　　　头上,
　　　　　还会有
　　　　　　不测的
　　　　　　　风雨……

迎接我的啊
　　　还有无数
　　　　　新的
　　　　　　　考验，
　　而灰尘
　　　　和毒菌
　　　　　　还会向我
　　　　　　　　偷袭。
但是，我亲爱的党啊！
请你相信——
　　你曾经
　　　怎样地
　　　　　带领我
　　　　　　　走过来的，
我仍会
　　怎样地
　　　　跟随你
　　　　　走向
　　　　　　前去！
啊！让延河的水
　　　在我的血管里
　　　　　永远
　　　　　　奔流吧！
　　让宝塔山下的
　　　　我的誓言
　　　　　　永远活在
　　　　　　　我的骨髓里！
我们的未来时代啊，
　　　请你把我
　　　　用"延安人"的名义，
列入

我们队伍的
　　　　　名单里!
你将会证明
我——
　　　祖国和党的
　　　　　一个普通的儿子,
　　　一个渺小的
　　　　　"我自己",
　　　在这里
　　　　　有着
　　　　　　　何等的意义!
啊!让我
　　　高举
　　　　　献给祖国、
　　　　　　　献给党的
　　　　　　　　　诗篇,
　　　走向
　　　　　亿万人的
　　　　　　　心里……
　　　从亿万人的
　　　　　口中——
　　　　　　　赞美我们
　　　　　　　　　亿万个
　　　　　　　　　　　"我自己"——
啊,我!
　　　我的——
　　　　　　我们,
　　　我们的——
　　　　　　啊!我,
　　　——是这样地
　　　　　谐和

　　　　　统一!
　　这是党
　　　　　为我们创造的
　　　　　　　　不朽的
　　　　　　　　　　　生命,
　　　　　是祖国大地的
　　　　　　　　无敌的
　　　　　　　　　　　威力!
啊!
未来的世界,
　　　　就在
　　　　　　我的
　　　　　　　　手里!
在
　　我——们——的
　　　　　　　手里!

五

啊!我亲爱的
　　　　　祖国!
啊!我亲爱的
　　　　党!
我就是这样
　　　献给你
　　　　　我的歌声,
我就是这样
　　　加入
　　　　　我们时代的
　　　　　　　合唱。
杨家岭礼堂的声音

　　　　永远在
　　　　　　耳边回响，
我的心
　　紧贴着
　　　　天安门的红墙……
啊，给你——
　　我们心中的
　　　　熊熊烈火；
啊，给你——
　　我们血管里
　　　　燃烧的岩浆；
给你——
　　我们生命的
　　　　滚滚黄河；
给你——
　　我们青春的
　　　　浩浩长江……
但是，
在语言的波涛中，
　　最好的一滴
　　　　献给你呵——
"明天！"
　　　——啊，我们的祖国，
"明天！"
　　　——啊，我们的党！
我们
　　高举
　　　　你光荣的
　　　　　　旗帜，
前进，
　　在社会主义——共产主义的

　　　　　大路上！
让我们
　　　踏破
　　　　　未来年代的
　　　　　　　每一道
　　　　　　　　　门槛吧，
让我们
　　　推醒
　　　　　一九五七年——
　　　　　　　沉睡的
　　　　　　　　　朝阳！
——啊，今天
　　　多么美丽！
　　　　　多么好！
但是，
　　　这
　　　　　还不够！
　　　明天呵，
　　　　　必须
　　　　　　　那样！
啊，我们——
　　　　　共和国的建设者！
让我们
　　　更快地
　　　　　为我们的大地
　　　　　　　更换新装！
啊，我们——
　　　　　共和国的保卫者，
让我们的臂膀
　　　更加有力，
让我们警惕的眼睛

　　　　更加明亮，
　　守卫着呵——
　　　　我们的
　　　　　　边疆
　　　　　　　　和道路，
　　　　　　天空
　　　　　　　　和海洋！
让我们社会主义的
　　　　大鹏鸟，
　　　　　　风云万里
　　　　　　　　振翅飞翔！
啊！更快地
　　　　更快地
　　　　　　成长起来——
　　　　我们的
　　　　　　钢铁
　　　　　　　　和石油的
　　　　　　　　　　基地，
更快地
　　更快地
　　　　打开啊，
　　　　我们大地的
　　　　　　无尽宝藏！
啊，让我们的
　　　　辽阔的
　　　　　　田野，
　　　　　　　更好地
　　　　　　　　扬花吐穗，
让我们
　　科学和智慧的
　　　　　星群，

发出
　　　更灿烂的光芒!
让我们的
　　五年计划,
　　　　再一个
　　　　　　五年计划,
　　　　　　　　跟踪而来,
让我们的
　　生产进度表,
　　　　万箭齐发——
　　那红色的箭头
　　　　射向
　　　　　　更远的前方!
来吧!
　　　　远方的客人——
　　　　　　你们:
　　　　　　　一九五九、
　　　　　　　　一九七九……
　　请登上
　　　　天安门
　　　　　　观礼台,
　　　　请坐在
　　　　　我们党委会的
　　　　　　旁听席上——
看吧,惊奇吧!
　　我们
　　　　将会这样
　　　　　　神速地
　　　　　　　越过
　　　　　　　你们居住的地方!
来吧!

世界各地的
　　朋友们！
请你们
　　访问
　　　　我们的：
井冈山、
　　宝塔山
　　　　和天安门吧，
　　请你们
　　　　访问
　　　　　　你们要去的地方……
看吧！评论吧！
这就是
　　我们
　　　　革命的
　　　　　　道路，
这就是
　　我们
　　　　前进的
　　　　　　力量！
这就是
　　我们——
　　　　中国！
啊！这就是
　　　　我们的
　　　　　　党！
就是这样，
　　我们六亿五千万人的
　　　　革命大军
　　　　　　在前进，
就是这样，

用我们的双手
　　　　　在实现
　　　　　　　我们的理想！
啊啊！——
让我们
　　　更响亮地
　　　　　歌唱吧！
让我们的歌声
　　　飞向
　　　　　今天和明天
　　　　　　　世界上的
　　　　　　　　　一切地方！
胜利啊——
　　　人民！
胜利啊——
　　　社会主义！
胜利啊——
　　　我们伟大的
　　　　　祖国！
胜利啊——
　　　领导我们前进的
　　　　　党——！

　　　　　　　1956 年 6 月—8 月，北京

三门峡歌

三门峡——梳妆台①

望三门,三门开:
"黄河之水天上来"!
神门险,鬼门窄,
人门以上百丈崖②。
黄水劈门千声雷,
狂风万里走东海。

望三门,三门开:
黄河东去不回来。
昆仑山高邙山矮,
禹王马蹄长青苔③。
马去"门"开不见家,
门旁空留"梳妆台"。

梳妆台啊,千万载,
梳妆台上何人在?

---

① 自注:三门峡下不远,有巨岩,如梳妆台状,故名"梳妆台"。
② 新注:崖,yá,又读ái,见《现代汉语词典》。
③ 自注:三门之一"鬼门"岩上,有石坑,状如马蹄印,相传为大禹跃马遗迹。

乌云遮明镜,
黄水吞金钗。
但见那:辈辈艄公洒泪去,
却不见:黄河女儿梳妆来。

梳妆来呵,梳妆来!
——黄河女儿头发白。
挽断"白发三千丈",
愁杀黄河万年灾!
登三门,向东海:
问我青春何时来?!

何时来呵,何时来?……
——盘古生我新一代!
举红旗,天地开,
史书万卷久等待——
大笔大字写新篇:
社会主义——我们来!

我们来呵,我们来,
昆仑山惊邙山呆:
展我治黄万里图,
先扎黄河腰中带——
神门平,鬼门削,
人门三声化尘埃!

望三门,门不在,
明日要看水闸开。
要请李白改诗句:
"黄河之水'手中'来"!
银河星光落天下,

清水清风走东海。

走东海,去又来,
讨回黄河万年债!
黄河女儿容颜改,
为你重整梳妆台。
青天悬明镜,
湖水映光采——
黄河女儿梳妆来!

梳妆来呵,梳妆来!
百花任你戴,
春光任你采,
万里锦绣任你裁!

三门闸工正年少,
幸福闸门为你开。
并肩挽手唱高歌呵,
无限青春向未来!

中流砥柱[①]

一

啊,不是怀古。
我来三门峡,
  脚踏禹王跃马处。
看黄水滚滚,
  听钻机突突。
使我
  满眶
    热泪陡涨,
  周身
    血沸千度!
啊啊!
三门峡上——
  紧握
    开天辟地
      英雄手臂,
三门峡下——
  见万古不移
    中流砥柱!

[①] 自注:三门峡下,河心急流中,有巨石矗立,即为自古传说之"中流砥柱"。

二

啊，古往何处？
急流万马来，
　　　往古英雄计无数：
看漫天烽火，
　　　听动地鼙鼓。
遥指
　　长城
　　　　千里揭竿……
　　　井冈
　　　　　红旗飞舞！
啊啊！
古往今来——
　　多少
　　　　惊风破浪
　　　　　　英雄人物，
黄河中流——
　　竖万古不朽
　　　　民族脊骨！

三

啊，今日非古！
红旗下井冈，
　　一改江山古画图！
看黄河新妆，
　　听雷霆脚步！
我唤

古人
　　　　梦中惊起：
　　长叹
　　　　英雄不如！
啊啊！
五千年来——
　　谁见
　　　　工人阶级
　　　　　　天工神斧？！
万里一呼——
　　为社会主义
　　　　立擎天柱！

1958 年 3 月

向秀丽

一

长白山的雪花珠江的水,
为什么祖国江山这样美?

包钢的高炉长江上的桥,
为什么祖国今天这样好?
井冈山的红旗开天的斧,
前辈的英雄们开了路。

井冈山通到天安门,
走过了红色英雄几代人。

红旗接班新一代,
万丈高楼盖起来。

山好水好都因儿女好,
母亲祖国呵该自豪!

二

井冈山的红旗递给你——

党的好女儿向秀丽!

上甘岭的青松呵云周西村的水①,
呼唤着珠江边的好姐妹。

万丈烈火呵烧在身,
动不了向秀丽红透的心。

红透的心呵万里的海,
几回昏迷又醒来。

烈火中大叫"别管我",
病床上忍痛唱起歌。

一人唱呵千万人和——
生生死死为祖国!

眼望着爱人手拉着妈,
告别时嘱咐:"要听党的话。"

泰山小呵天山低,
顶天立地的向秀丽!

天安门的灯光呵照着你——
永生不死的向秀丽!

---

① 自注:上甘岭,烈士黄继光牺牲的地方;云周西村,烈士刘胡兰的家乡,也是她牺牲的地方。

三

长白山的雪花珠江的水,
祖国江山呵就是这样的美。

包钢的高炉长江上的桥,
祖国今天呵就是这样的好。

井冈山的红旗接过来,
向秀丽不愧我们这一代。

一样的热血呵一样的红,
向秀丽就在亿万人心中。

千万朵鲜花要栽培,
朵朵要像向秀丽这样美。

炉中要炼优质钢,
寸寸要像向秀丽这样强!

黄河长江滚滚流,
向秀丽就在大地上走。

万丈高楼千门开,
向秀丽登上楼梯来。

我们是千千万万向秀丽,
无限未来就在咱手里!

我们向母亲祖国作保证:

更上高楼千万层!

1959年3月10日

桂林山水歌

云中的神啊,雾中的仙,
神姿仙态桂林的山!

情一样深啊,梦一样美,
如情似梦漓江的水!

水几重啊,山几重?
水绕山环桂林城……

是山城啊,是水城?
都在青山绿水中……

啊!此山此水入胸怀,
此时此身何处来?

……黄河的浪涛塞外的风,
此来关山千万重。

马鞍上梦见沙盘上画:
"桂林山水甲天下"……

啊!是梦境呵,是仙境?

此时身在独秀峰①!

心是醉啊,还是醒?
水迎山接入画屏!

画中画——漓江照我身千影,
歌中歌——山山应我响回声……

招手相问老人山②,
云罩江山几万年?

——伏波山下还珠洞③,
宝珠久等叩门声……

鸡笼山一唱屏风开,
绿水白帆红旗来!

大地的愁容春雨洗,
请看穿山明镜里④——

啊!桂林的山来漓江的水——
祖国的笑容这样美!

桂林山水入胸襟,
此景此情战士的心——

---

① 自注:独秀峰,在桂林市中心。孤峰一柱,拔地而起。
② 自注:老人山,及下文中的鸡笼山、屏风山,均在桂林市区,因状得名。
③ 自注:还珠洞,有老龙谢情还珠神话,本诗转意借用。
④ 自注:穿山,在桂林市南郊。峰顶有巨大圆形洞口,洞穿露天,状似明镜高悬。

是诗情啊,是爱情,
都在漓江春水中!

三花酒兑一滴漓江水①,
祖国啊,对你的爱情百年醉……

江山多娇人多情,
使我白发永不生!

对此江山人自豪,
使我青春永不老!

七星岩去赴神仙会②,
招呼刘三姐啊打从天上回……

人间天上大路开,
要唱新歌随我来!

三姐的山歌十万八千箩,
战士啊,指点江山唱祖国……

红旗万梭织锦绣,
海北天南一望收!

塞外的风沙啊黄河的浪,
春光万里到故乡。

---

① 自注:三花酒,桂林名酒。
② 自注:七星岩,桂林最著名岩洞之一。传说歌仙刘三姐在此洞中赛歌,后化石成仙。

红旗下:少年英雄遍地生——
望不尽:千姿万态"独秀峰"!

——意满怀呵,情满胸,
恰似漓江春水浓!

啊!汗雨挥洒彩笔画:
桂林山水——满天下!……

1959年7月,旧稿
1961年8月,整理

十年颂歌

东风!
　　红旗!
　　　　朝霞似锦……
大道!
　　青天!
　　　　鲜花如云……
听
　　马蹄哒哒,
看
　　车轮滚滚……
这是
　　在哪里啊?
——在
　　　　中国!
这是
　　什么人啊?
——是
　　　　我们!
催开
　　我们社会主义的
　　　　跃进的战马,
　　前进——
　　　　前进!……
推动

我们共和国的
　　　历史的车轮,
　飞奔——
　　　飞奔!……
啊,在天安门上,
　　　在五星旗下。
就从
　　这里!
　　　出发——
一九四九年
　　十月一日!
开始了
　　我们开天辟地的
　　　　伟大神话:
啊,红色的
　　　盘古!
啊,人类的
　　　第二个"十月"的——
　　　　　革命战马!
马头高举,
　　　向东方
　　　　滚滚红日,
马尾横扫
　　西天
　　　残云落霞!
吓慌了
　　资本主义世界的
　　　　"古道——西风——
　　　　　　瘦马",
惊乱了
　　大西洋岸边的

　　　　"枯藤——老树——
　　　　　　昏鸦"。
一声声的
　　惊呼,
一阵阵的
　　咒骂……
杜鲁门
　　满嘴白沫,
华尔街的走狗们
　　翘起了
　　　　一千条尾巴。
……一万个花招,
　　十万个计划……
杜勒斯
　　点起朝鲜的战火
　　　　扑向
　　　　　　鸭绿江边,
台湾的洞穴中
　　那群亡命的老鼠
　　　　在日日夜夜地
　　　　　　磨牙……
但是,
　　这一切
　　　　可奈我何?!
啊!挡不住
　　　历史车轮
　　　　　飞向前!
但见那
　　纷纷落叶
　　　　马蹄下……
从

　　　　一九四九，
到
　　　　一九五九！
世界的历史啊
　　　　又发生了
　　　　　　　何等的变化！
西风
　　　渐渐变小，
东风
　　　阵阵强大！
啊，在我们的大地上——
我们
　　　　六万万五千万人民，
　　　　　　马不停蹄！
　　　　　　　　人不解甲！
一步——
　　　一个脚印！
一个脚印——
　　　一片鲜花！
一天——
　　　二十年的行程！
　　　　十年——啊，
　　　　　一个
　　　　　　　崭新的天下！
看！
我年轻的共和国！
你
　　　身披
　　　　　灿烂的锦绣，
　　　　满怀
　　　　　胜利的鲜花！

一手——
　　挥动神笔，
一手——
　　扬鞭催马！
东海上——
　　天山下：
一穷二白的
　　辽阔土地上——
洋洋洒洒，
　　画出多少
　　　　最新最美的
　　　　　　图画！
天苍苍呵，
　　野茫茫——
一刹那
　　迎天接日
　　　　升起来
多少
　　山连海涌的
　　　　高楼大厦？！

看吧！
　　看吧！——
看不完的
　　麦山稻海，
望不尽的
　　铁水钢花……
四时春风
　　吹万里江河
　　　　冰消雪化，
中秋明月

照进多少
　　　　　幸福人家?!
啊,姑娘
　　　又得了
　　　　　红旗,
老人
　　减少了
　　　　白发。
"社会主义好呵,
　　　社会主义好……"——
这就是托儿所里
　　　孩子们的
　　　　　歌声;
"我们的青春,
　　　献给祖国……"——
这就是树荫下
　　　爱人们的
　　　　　知心话。……
啊,伟大的祖国,
　　　　伟大的人民——
　　　怎么能不
　　　　　干劲冲天?!
无边的天空,
　　　无边的土地——
怎么能不
　　处处飞花?!

啊!让帝国主义
　　　　反动派
　　　　　痛心疾首吧!
让他们

顿足捶胸
　　　　　　去咒骂……
他们
　　　骂啊，
因为他们
　　　怕！
他们的时光
　　　不久了，
历史的画廊
　　　　定要扯下——
他们那幅
　　　破烂的
　　　　　图画。
而我们的
　　　共和国——
　　　　　　强大的巨人！
高举
　　　"现实"的
　　　　　　万里长鞭
挺身站立——
　　　在天安门上，
满面笑容——
　　　在五星旗下！
啊，我的共和国！
　　　在你的
　　　　　面前——
望不尽呵，
　　　望不尽……
望不尽的——
东风……
　　　红旗……

　　　　朝霞似锦……
望不尽的——
大道……
　　　青天……
　　　　　鲜花如云……
我听见
全世界的朋友们
　　　向你发出
　　　　　雷鸣的欢呼，
压倒了
　　　一切咒骂我们的
　　　　　鸦噪犬吠的声音！
大地的春光啊，
　　　没有辜负
　　　　　飞来的燕群。
亲爱的共和国啊，
十年来，
　　　你没有辜负
　　　　　朋友们的
　　　　　　　希望
　　　　　　　　　和信任。
今天，
在北京的
　　　一棵高大的
　　　　　松树下，
我又一次
　　　拥抱着
一位
　　　飘洋过海而来的
　　　　　国际友人。
他的脚

穿着一双
　　　　中国的布鞋,
汗水淋淋的大手
　　　把我
　　　　　搂抱得
　　　　　　　紧紧:
"我永远羡慕——
你
　　一个
　　　　中华人民共和国的
　　　　　　公民!"
啊!我亲爱的
　　　　共和国!
你使我
　　多么地
　　　　幸福!
热情的
　　波涛,
爱情的
　　绿荫——
怎么能不
　　充满
　　　　我的心?
九百六十万
　　平方公里的
　　　　江山河海呵,
我爱你的
　　每一尺
　　　　每一寸!
三千六百五十个
　　日日夜夜啊。

我爱你的
　　　每一秒
　　　　　每一分！
啊，
　　扯开
　　　　我的衣襟！
看我
　　胸中的
　　　　千山万壑，
朝向你——
　　怎么能不发出
　　　　阵阵回音？！……

听啊！听！——
　　"消灭
　　　　敌人的碉堡！
前进啊，
　　同志们！……"——
啊，英雄黄继光的
　　　　召唤，
从上甘岭的山顶
　　响遍
　　　　祖国的大地！……
"要听党的话，
　　永远为祖国
　　　　——母亲……"
　　啊，党的好女儿
　　　　向秀丽的
　　　　　　声音，
从珠江边的
　　烈火中

　　　　飞进
　　　　　　亿万人的心！……

啊啊！就是这样——
在共和国的大地上，
闪耀着
　　　数不清的
　　　　　　英雄形象，
震响着
　　　不朽的
　　　　　　英雄的声音！
就是这样，
六亿五千万
　　　英雄的人民，
走过了
　　　十年的道路，
推动着
　　　共和国
　　　　　　前进的车轮！
啊！就是这样
　　　扑灭了
　　　　　　鸭绿江岸的
　　　　　　　　　冲天战火……
啊！就是这样，
结束了
　　　西藏高原
　　　　　　千百年来的
　　　　　　　　　黑夜沉沉……

啊啊！就是这样啊，
我的共和国！

我怎么能不
　　千百次地
　　　　为你歌唱?
　　千百次地
　　　　呼唤:
祖国呵——
　　我们的母亲!
党呵——
　　母亲的
　　　　心!
你
　　使我的
　　　　每一根血管
　　都沸腾着
　　　　无比的干劲,
因为
　　爱呵——
　　你的每一片
　　　　新生的树叶
　　都使我
　　　　热泪滚滚!
啊,为什么
　　　我只能有
　　　　一人一身啊?
为什么
　　我的语言
　　　　这样拙笨?
给我呵——
　　语言的
　　　　大海!
给我呵——

声音的
　　　　　　风云!
让我能
　　在祖国的
　　　　每一寸土地上
　　　　　　劳动——歌唱!
让我能
　　在社会主义的
　　　　每一条战线上
　　　　　　战斗——前进!

……今天,
在一个云霞绚烂的
　　黎明,
我从
　　祖国的南方,
来到
　　我们的首都
　　　　北京。
我的身上
　　是倾盆的汗雨,
胸中
　　是鼓荡的春风。
我带来
　　海南橡胶林的
　　　　白色乳浆,
我的衣服上
　　落满
　　　　武钢二号高炉的
　　　　　　飞迸的火星。
我挽着

湛江新港的
　　　龙门吊车——
　　　　　那千尺的长臂,
跨过
　　长江大桥——
　　　　那万丈的金龙。
啊,望不尽的
　　　江南三月——
社会主义的
　　　无边美景……
南国红豆啊
　　　满含着——
共产主义的
　　相思的
　　　　深情。
啊,我看见:
每一个姑娘的
　　　心中
　　　　　都是一片
　　　　　　　桂林山水……
我看见:
每一个青年的
　　　手掌
　　　　　都是一座
　　　　　　五指山峰!
来吧!
　　你百年不遇的
　　　　大雨!
来吧!
　　你十二级的
　　　　台风!

201

看！——
　　我们社会主义的
　　　　"镇海楼"，
　　　——风雨不动！
看！
　　千百万英雄人民，
　　　　防洪抢险，
　　　——战战成功！
请问啊——
　　千里灾区何处有？
红旗下——
　　一片歌声笑声中！……
啊！
我的欢笑的
　　豪迈的
　　　　南方！——
共和国啊，
这就是你
　　一九五九年的
　　　　壮丽的
　　　　　　面容！

……现在
我走在北京
　　朝阳门的
　　　　街道中，
我看着
　　太阳
　　　　迎面东升。
我看着你——
　　我的

共和国！
我周身的热血
　　怎么能不
　　　　又一次地
　　　　　　沸腾？
我该怎样
　　更好地
　　　　为你歌唱呵，
十倍
　　百倍地
　　　　把你赞颂！
听啊，
共和国的礼炮
　　第十次
　　　　震响
　　　　　　中国的大地，
这惊天动地的礼炮声呵，
　　怎能不激动
　　　　我的心？！
全世界
　　睁大眼睛，
　　　　看见了
六万万五千万
　　"饥寒交迫的奴隶"
　　　　在斗争中长成
何等伟大的
　　　巨——人！
无边海洋的
　　波涛啊，
无限宇宙的
　　星云，

正向我们
　　　传来
　　　　　响不断的
　　　　　　　回音!
啊，我们十年的
　　　　伟大的道路!
我们共和国的
　　不朽的
　　　青春!
更快地
　　更快地
催开
　　我们社会主义的
　　　　　跃进的战马吧,
更快地
　　更快地
推动
　　我们共和国
　　　　历史的车轮!
让帝国主义反动派
　　　瑟瑟抖颤吧!
让他们, 此刻
　　　从模糊的泪眼中,
偷看一下
　　我们的
　　　　　天安门!
让他们
　　在上帝面前祈祷,
　　　　去哭一千声
　　　　　　"阿门……"
而我们

在五星红旗下,
　　　欢呼一万声
　　　　　"前进!"
我们的青春啊,
　　　还不过
　　　　　正在开始,
而他们的
　　　末日
　　　　　已将要来临!
啊! 我的共和国啊——
　　　母亲!
党啊——
　　　我们母亲的
　　　　　心!
在这个伟大节日的
　　　人海里,
我把我的手臂
伸向你——
　　　伸向
　　　　　天安门。
我想对你说——
我会
　　　永远地
　　　　　活着,
我将会
　　　五十次——
　　　　　一百次地
　　　庆祝
　　　　　你的诞辰!
在未来的
　　　共产主义的

　　　　地球上，
　　我永远是
　　　　一个年轻的公民。
　　我会
　　　　辛勤地
　　　　　　劳动，
　　在帝国主义的
　　　　坟地上，
　　种出
　　　　一片绿荫。
　　啊，我将在
　　　　　天安门的华表下
　　带着
　　　　甜蜜的回忆，
　　向子孙们
　　　　指点：
　　我们
　　　　跟随毛主席
　　　　　走过的脚印，
　　讲说：
　　　　五十年前
　　　　　　或者一百年前——
　　我们共和国
　　　　十周年纪念日
　　那个灿烂的
　　　　早晨！

　　　　　　　　1959 年 9 月 7 日

雷锋之歌

一

假如现在啊
我还不曾
不曾在人世上出生,
　　假如让我啊
　　　再一次开始
　　　　开始我生命的航程——
在这广大的世界上啊
哪里是我
最迷恋的地方?
　　哪条道路啊
　　　能引我走上
　　　　最壮丽的人生?
面对整个世界,
我在注视。
　　从过去,到未来,
　　　我在倾听……
八万里
风云变幻的天空啊
今日是
几处阴?几处晴?

亿万人
　　脚步纷纷的道路上
　　此刻啊
　　谁向西？谁向东？
哪里的土地上
青山不老，
红旗不倒，
大树长青？
　　哪里的母亲啊
　　能给我
　　纯洁的血液、
　　坚强的四肢、
　　明亮的眼睛？

让我一千次选择：
是你，
还是你啊
——中国！
　　让我一万次寻找：
　　是你，
　　只有你啊
　　——革命！
生，一千回，
生在
中国母亲的
怀抱里，
　　活，一万年，
　　活在
　　伟大毛泽东的
　　事业中！

啊,一切
都已经
证明过了……
　　一切一切啊
　　还在
　　证明——
这里有
永远
不会退化的
红色种子;
　　这里有
　　永远
　　不会中断的
　　灿烂前程!
看步步脚印……
望关山重重……
有多少英雄啊
都在我们
行列中!
　　领我走,
　　教我行……
　　跟上一步啊,
　　一次新生!

……滚滚湘江水呀,
闪闪延河的灯……
使我怎能不
日日夜夜
梦魂牵绕?
　　……上甘岭头雪呀,
　　越秀山下松……

　　　　使我怎能不
　　　　千番万回
　　　　热血沸腾？……
望天安门上
那亲切的笑容——
我的眼里
常含热泪啊，
　　　　送新战士入伍，
　　　　听连营的号声——
　　　　我的心中
　　　　怎能不又
　　　　风起云涌？……

我迷恋
我们革命事业的
艰苦长途上——
一个征程
又一个征程！
　　　　我骄傲
　　　　我们阶级队伍的
　　　　生命群山中——
　　　　一个高峰
　　　　又一个高峰！……

啊！真正地
幸福啊！
　　　　何等地
　　　　光荣！……
在今天，
我用滚烫的双手
抚摸着

我们的
红旗——
 又一次把
 母亲的
 衣襟
 牵动……
让我高呼吧!
看啊,
在我们的大地上,
在党的
摇篮中——
 此刻,
 又站起来
 一个多么高大的
 我们的
 弟兄!……

二

让我呼唤你啊,
呼唤你响亮的名字,
你——
雷锋!
 我看着
 你青春的面容,
 好像我再生的心脏
 在胸中跳动……
我写下这两个字:
"雷锋"——
我是在写啊
我们阶级的

整个新一代的
姓名；
　　我写下这两个字：
　　"雷锋"——
　　我是在写啊
　　我的履历表中
　　家庭栏里：
　　我的弟兄。
你的年纪，
二十二岁——
是我年轻的弟弟啊，
　　你的生命
　　如此光辉——
　　却是我
　　无比高大的
　　长兄！
……我奔向你面前！
带着
母亲给我的教训，
和我对你
手足的深情……
　　仿佛一刹那间
　　越过了
　　千山万岭……
啊！我像是
突然登上泰山，
　　站立在
　　日观峰顶……
我看见
海浪滔滔的
母亲怀中——

新一代的太阳
　　　挥舞着云霞的红旗,
　　　上升啊
　　　上升! ……

……惊蛰的春雷啊,
浩荡的春风! ——
　　　　正在大地上鸣响;
　　　　正在天空中飞行!
一阵阵,
一声声——
　　　　"雷锋! ……"
　　　　"雷锋! ……"
　　　　"雷锋! ……"
道路上的列车啊,
海港里的塔灯——
　　　有多少个车轮
　　　在传诵啊;
　　　有多少条光线
　　　在回应……
一阵阵,
一声声——
　　　　"雷锋! ……"
　　　　"雷锋! ……"
　　　　"雷锋! ……"

那红领巾的春苗啊
面对你
顿时长高;
　　那白发的积雪啊
　　在默想中

　　　　顷刻消溶……
今夜有
灯前送别；
　　　　明日有
　　　　路途相逢……
"雷锋……"
——两个字
说尽了
亲人们的
千般叮咛；
　　　　"雷锋……"
　　　　——一句话，
　　　　手握手，
　　　　陌生人
　　　　红心相通！……

三

你——雷锋！
我亲爱的
同志啊，
我亲爱的
弟兄……
　　　　你的名字
　　　　竟这样地
　　　　神奇，
　　　　胜过那神话中的
　　　　无数英雄……
你，
我们党的
一个普通党员，

你，
　　我们解放军中
　　一个普通士兵。
你的名字
怎么会
飞遍了
祖国的千山万水，
　　激荡起
　　亿万人心——
　　那海洋深处的
　　浪花层层？……

……从湘江畔，
昨日，
那沉沉的黑夜……
……到长城外，
今天，
这欢笑的黎明——
　　雷锋啊，
　　你是怎样
　　度过
　　你短暂的一生？
从日记本第一页上
黄继光的画像……
到领袖题词：
"向雷锋同志学习
——毛泽东"……
　　啊，雷锋！
　　你是怎样地
　　怎样地
　　长成？！……

啊!我看着你,
我想着你……
我心灵的门窗
向四方洞开……
　　……我想着你,
　　我看着你……
　　我胸中的层楼啊
　　有八面来风!——

……看昆仑山下:
红旗飘飘,
大江东去……
　　望几重天外:
　　云雾弥漫,
　　风雨纵横……
十万言——
一道
冲云破雾的
飞天长虹!……
　　两个字——
　　中国的
　　一代新人的
　　光辉姓名!……
啊,念着你啊
——雷锋!
　　啊,想着
　　你呵
　　——革命!
一九六三年的
春天

使我们
　　　如此地
　　　激动！——
历史在回答：
人，
应该
怎样生？
路，
应该
怎样行？……

四

……仿佛已经
十分遥远
十分遥远了，
　　——那已过去了的
　　过去了的
　　许多情景……
那些没有光亮的
晚上……
那些没有笑意的
面容……
　　那些没有明月的
　　中秋……
　　那些没有人影的
　　茅棚……
在哪里啊，
爸爸要饭的
饭碗？……
　　在哪里啊，

妈妈上吊的
　　麻绳?……
在哪里啊,
云周西村的
铡刀?……
　　在哪里啊,
　　渣滓洞的
　　深坑?……
眼前是:
繁花似海,
高楼如山,
绿荫如屏……
　　耳边是:
　　歌声阵阵,
　　书声琅琅,
　　笑语声声……
睁开回头的望眼——
啊……
春风打从何处起?
朝阳打从何处生?……
　　消退了昨日的梦境——
　　啊……
　　镣铐曾在何处响?
　　鲜血曾在何处凝?……
长征路上
那血染的草鞋
已经化进
苍松的年轮……
　　淮海战场
　　那冲锋的呼号
　　已经飞入

工地的夯声……
老战士激动的回忆啊,
"我们在听、在听……
但那到底
已是过去的事情……"
　　　——少年人眼前的
　　　大路小路啊,
　　　仿佛本来
　　　就是这样
　　　又宽、又平……

啊,要不要再问园丁:
我们的花园里
会不会还有
杂草再生?
　　　梅花的枝条上,
　　　会不会有人
　　　暗中嫁接
　　　有毒的葛藤?……
我们的大厦
盖起了多少层?
是不是就此
大功告成?
　　　啊,面前的道路、
　　　头上的天空,
　　　会不会还有
　　　乌云翻腾?……
……滚滚沸腾的生活啊,
闪闪发亮的路灯……
面对今天:
血管中的脉搏

该怎样跳动？
　　　什么是
　　　真正的
　　　幸福啊？
　　　什么是
　　　青春的
　　　生命？
……望夜空，
有倒转斗柄的
北斗……
看西天
有纷纷坠落的
流星……
　　　什么是
　　　有始有终的
　　　英雄的晚年啊？
　　　什么是
　　　无愧无悔的
　　　新人的一生？……

唔！有人在告诉我们：
——过去了的一切
不必再提起了吧！
　　只要闭上眼睛呀，
　　就能看见：
　　现在已经
　　天下太平……
什么"人民"呀，
什么"革命"，
　　——这些声音，
　　莫要打搅，

他酒兴正酣，
　　　　睡意正浓……
——今天的生活
已经不同了呀，
需要另外
开辟途径……
　　　　——最香的
　　　　是自己的酒杯，
　　　　最美的
　　　　是个人的梦境……

但是，且住！
可敬的先生……
　　　　收起你们的
　　　　这套催眠术吧！
　　　　革命——
　　　　永远
　　　　不会躺倒！
　　　　历史的列车——
　　　　不会倒行！
请看！
在我们的红旗下：
　　　　又是谁？
　　　　站起来
　　　　大声发言——
忘记过去吗？
不能！
不能！
不能！
　　　　因为我是
　　　　永远不会忘本的

　　　　"饥寒交迫的奴隶"——
　　　　中国的
　　　　革命的
　　　　士兵!
叫我们
那样活着吗?
不行!
不行!
不行!
　　　　因为我是
　　　　站在
　　　　不倒的红旗下,
　　　　前进在
　　　　从井冈山出发的
　　　　行列中!
问我的名字吗?
我的名字……
啊,我们的
名字:
　　　　雷——锋!……

啊,雷锋
就是这样地
代表我们
出现了!……
　　　　——像朝阳初升
　　　　一样地合理,
　　　　像婴儿落地
　　　　一样地合情!……
雷锋,
对于我们

是这样珍贵,
　　雷锋兄弟啊,
　　为我们赢得
　　亲爱的母亲
　　欣慰的笑容……
让我们说:
"我爱雷锋……"
这就是说:
"我爱
真正的人生!"
　　让我们说:
　　"我爱雷锋……"
　　这就是说:
　　"我要
　　永远革命!"

来啊!让我们
紧紧地挽住
雷锋的
这三条刀伤的手臂吧!
　　让我们
　　把雷锋日记的
　　字字句句
　　在心中念诵……
我们要把
壮丽人生的道路
展出万里!
　　我们要把
　　革命的火焰
　　"烧得通红……"

啊，雷锋！
我紧挽着
紧挽着
你的手臂啊，
  我把它
  紧贴在
  我的前胸……
让我说：
我们是
一母所生——
  我们血液的源头，
  在"四·一二"的
  血海里，
  在皖南事变的
  伤痕中……
  早已
  几度相逢……
党的双手，
早就在
早就在
把我们的
生命
铸造，
  党叫我们
  按照历史的行程，
  待命出征——
雷锋！
你这一代
新的战斗队啊，
  要出现在
  新中国——

"早晨八九点钟……"

五

就是这样，
雷锋，
你出发了……
　　——在黎明前的
　　一阵黑暗中……
你带着
满身
燃烧的血泪，
　　好像在梦中一样，
　　扑向
　　党啊——
　　温暖的
　　温暖的
　　母亲怀中……
……就是这样，
雷锋，
你站起来！
　　接受
　　"共产主义新战士"
　　——党给你的
　　命名。
……就是这样，
雷锋，
你走来了……
你不是
只为洗雪
一家的仇恨；

　　　　不是为了
　　　　"治好伤疤
　　　　忘了疼"……
你来了啊，
不是为
学少爷们那样——
　　　从此
　　　醉卧高楼，
　　　做花天酒地的
　　　荒唐梦；
你来了啊，
更不是为
向仇人们鞠躬致敬——
　　　说是为大家的"安宁"，
　　　必须
　　　践踏爹妈的尸骨，
　　　把难友们的鲜血
　　　倒进
　　　老爷的杯中……

雷锋！
你满腔的愤怒啊，
你刻骨的疼痛……
　　　你对党感激的
　　　含泪带笑的目光……
　　　你对新生活
　　　如饥如渴的憧憬……
全部投入
我们阶级的
步伐——
　　　化成了

战斗的
　　　轰天雷鸣!

啊,雷锋!
你第一次学会的
这三个字,
　　　你一生中
　　　永远念着的
　　　这个姓名——
啊,亲爱的
再生雷锋的
母亲——
　　　我们的
　　　党啊,
　　　我们的领袖
　　　毛泽东!
母亲懂得你
懂得你啊
——雷锋,
　　　你也懂得他
　　　懂得他啊
　　　——伟大的
　　　毛泽东!
你青春的生命
在毛泽东思想的
冲天红光中,
升华……
升华……
　　　你前进的脚步
　　　在《毛泽东选集》的
　　　光辉篇章

那真理的
　　阶梯上，
　　攀登……
　　攀登……

雷锋，
我看见
在你的驾驶室里，
那一尘不染的
车镜……
　　我看见
　　在你车窗前
　　那直上云天的
　　高峰……
啊，你阶级战士的
姿态，
是何等的
勇敢，坚定！
　　你共产党员的
　　红心啊，
　　是何等的
　　纯净、透明！……

雷锋，
你是多么欢乐啊！
在我们灿烂的阳光里，
怎么能不
到处飞起
你朗朗的笑声？
　　你稚气的脸上，
　　哪能找到

一星半点
　　　忧愁的阴影？……
但是，雷锋，
在心灵的深处，
你有多么强烈的
爱啊，
　　　又有多么深刻的
　　　憎！
爱和恨，
不可分割，
像阴电、阳电一样
相反相成——
　　　在你生命的线路上，
　　　闪出
　　　永不熄灭的火花，
　　　发出
　　　亿万千卡热能！……

……从家乡望城
彭乡长
那慈爱的面孔，
　　　到团山湖农场
　　　庄稼梢头
　　　那飘动的微风……
……从鞍钢工地
推土机的
卷动的履带，
　　　到烈属张大娘
　　　搂抱着你的
　　　热泪打湿的
　　　袖筒……

啊，祖国亲人的
每一下脉搏，
阶级体肤的
每一个毛孔——
　　都寄托了
　　你火一样的热爱，
　　都倾注了
　　你海一样的深情……

啊，从黄继光
胸口对面
那射向我们的
罪恶炮筒，
　　到地主谭四滚子
　　从地下发出的
　　切齿之声……
……从营房门口
那假装
磨剪子的
坏蛋，
　　到躲在角落里
　　缝补旧梦的
　　某些先生……
啊，祖国道路上的
每一个暗影，
你哨位上的
每一面的响动——
　　都使你燃起
　　阶级仇恨的
　　不灭的火种；
　　都紧盯着

你阶级战士
　　警觉的眼睛！……

雷锋啊，
你虽然不是
　　在炮火连天的战场上
　　战斗冲锋，
在平凡的
工作岗位上，
你却是真正的
勇士啊——
　　你永远在
　　高举红旗，
　　向前进攻！
在我们革命的
万能机床上，
雷锋——
　　你是一个
　　平凡的，却
　　伟大的——
　　永不生锈的
　　螺丝钉！

哪里需要？
看雷锋的
飞快的
脚步！
　　哪里缺少？
　　看雷锋的
　　忙碌的
　　身影！……

……啊，马上去
　　给大娘浇地——
　　　　现在
　　　　麦苗正要返青……
　　……啊，立刻把
　　自己省下的存款
　　寄给公社——
　　　　支援
　　　　受灾的农民弟兄……
　　……唔，快准备
　　给孩子们
　　讲革命故事——
　　　　明天是
　　　　队日活动……
　　……唔，必须把
　　赶路的大嫂
　　护送到家——
　　　　现在是
　　　　夜深，雨大，
　　　　路远，泥泞……

　　啊，雷锋！
　　你白天的
　　每一个思念，
　　你夜晚的
　　每一个梦境，
　　　　都是：
　　　　人民……
　　　　人民……
　　　　人民……
　　你的每一声脚步，

你的每一次呼吸,
　　都是:
　　　革命……
　　　革命……
　　　革命……

雷锋,你是
真正的
真正的
幸福啊!
　　你是何等的
　　何等的
　　聪明!
你用我们旗帜一样
鲜红的颜色,
写下了
你短暂的
却是不朽的
历史,
　　你在阶级的伟大事业里,
　　在为人民服务的无限之中,
　　找到了啊——
　　最壮丽的
　　人生!
你的生命
是多么
富有啊!
　　在我们党的怀抱里,
　　你已成长得
　　力大无穷!
……可老战友们

总还习惯叫你
"小雷"啊——
　　　你只有
　　　一百五十四厘米
　　　身高，
　　　二十二岁的
　　　年龄……
但是，在你军衣的
五个纽扣后面
却有：
　　　七大洲的风雨、
　　　亿万人的斗争
　　　——在胸中包容！……
你全身的血液，
你每一根神经，
　　　都沸腾着
　　　对祖国的热爱，
而你同时
在每一天，
每一分钟，
念念不忘：
　　　世界上还有
　　　千千万万
　　　受难的弟兄！……
"上刀山！
下火海！……"
——雷锋啊，
在准备着！
　　　风吹来！
　　　雨打来！
　　　——雷锋啊，

道路分明！……

啊！这就是
这就是
一个叫做
"雷锋"的
中国革命战士的
英雄姿态！
　　这就是
　　我们的大地
　　我们的母亲
　　以雷锋的名义
　　给历史的
　　回应——
人啊，
应该
这样生！
　　路啊，
　　应该
　　这样行！……

六

啊！现在……
雷锋——
请你一千次、一万次
走遍
祖国的大地吧！
　　请你一千声、一万声
　　把你战斗的
　　呼号，

　　　　传遍那
　　　　　　万里风云的天空！……
在这
无产者大军
重新集结的
时刻，
　　　　在这
　　　　新的斗争信号
　　　　升起的
　　　　黎明……
在我们祖国的
每一个
战场上，
　　　　在迎接我们的
　　　　每一个
　　　　斗争中——
雷锋啊，
在前进！……
带着
我们的骄傲，
　　　　带着
　　　　我们的光荣……
雷锋
你在我们
军中，
　　　　雷锋
　　　　你在我们
　　　　心中！
雷锋啊，
活着！
　　　　雷锋啊，

永生!……

啊！响起来，
响起来，
响起来吧！
　　——我们阶级大军的
　　震天号声！
敲起来，
敲起来，
敲起来啊！
　　——我们革命人生的路上
　　　这嘹亮的晨钟！……
看，站起来
你一个雷锋，
　　我们跟上去：
　　十个雷锋，
　　百个雷锋，
　　千个雷锋！……
升起来
你一座高峰，
　　我们跟上去：
　　十座高峰，
　　百座高峰！——
　　千条山脉啊，
　　万道长城！……

让我们的
敌人
惊叫起来吧，
　　——关于中国的
　　这最近的情报，

他们会说：
"不懂，不懂……
这是什么样的
'装置'啊，
　　竟然发出
　　如此巨大能量的
　　热核反应？……"

啊，让我们的
朋友们
感到高兴吧！
　　让他们
　　骄傲地说：
"这是
毛泽东的战士！
　　红色中国的
　　士兵！
这是
真正的人啊，
　　是中国的
　　也是我们的
　　弟兄！……"
啊，让歌手们
歌唱吧，
　　登上我们
　　新的长城：
"……北来的大雁啊，
你们不必
对空哀鸣，
　　说那边
　　寒霜突降，

草木凋零……
且看这里：
遍地青松，
个个雷锋！——
　　　……快摆开
　　　你们新的雁阵啊，
把这大写的
'人'字——
　　　写向那
　　　万里长空！……"
啊，让诗人们
歌唱吧，
　　　站在这
　　　望海楼上
　　　新的一层：
"……那暴风雨中的
海燕啊，
我们
想念你！……
　　　你快
　　　拨开云雾啊，
　　　展翅飞腾！
看天空：
闪电
怎能遮掩？
　　　看大地：
　　　怎能不
　　　烈火熊熊？！
让我们回答
你的歌声……——
　　　"我们昨日

鹏程万里；
　　　今日又来
　　　英雄雷锋！……"

啊！雷锋，雷锋，雷锋啊……
此刻
我念着你，
我唱着你呵……
　　——我有
　　多少愤怒、
　　多少骄傲、
　　多少力量啊,
　　在胸中翻腾！
我不能
远远地
望着你的背影
把你赞颂，
　　——我必须
　　赶上前来！
和你
一起啊
　　奔向这
　　伟大的斗争！

啊，雷锋,
我的弟兄！
不要说
我比你多有
几年军龄啊——
　　虽然它使我
　　终生难忘,

　　　　一提起呀
　　　　就热血奔流
　　　　热泪常涌……
在你的面前——
我的
好班长啊,
　　　让我说:
　　　我还是
　　　一个新兵……

啊,雷锋,
带我去,
带我去吧!
　　　——让我跟上你,
　　　跑步入列!
　　　听候每一次的
　　　队前点名……
让我像你
一样响亮地
回答:"到!"
　　　——永远站在啊
　　　我们阶级的
　　　行列中!……

啊,带我去,
带我去吧!
雷锋!
　　　——在今天,
　　　这风吼雷鸣的时辰,
　　　让我跟你一样
　　　把我们的《毛选》

　　　　紧握在手中……
请你辅导我
千百次的
学习！
　　　　——让伟大的真理啊
　　　　照耀我
　　　　永远新生！……

啊，雷锋！
带我到
哨位上去！
　　　　——告诉我
　　　　怎样更快地
　　　　发现敌情……
啊，雷锋，
带我到
驾驶室里去！
　　　　——教我
　　　　把方向盘
　　　　更好地把定……
……啊，告诉我，
告诉我啊——
　　　　怎样做好
　　　　永不生锈的
　　　　螺丝钉！……
……教我唱，
教我唱吧——
　　　　真正唱会啊：
　　　　"《我是一个兵》！……"
在阶级的事业里：
"我是一个兵！"

  在祖国的土地上:
  "我是一个兵!"
在今天、明天
所有的
斗争里:
  "我是——
   ——一个兵!……"

啊!雷锋……
我不是
一个人啊,
  我是在唱
  我们亿万人民
  内心的激动!
看啊,
奔你来!
学你来!
  ——我们的大地上
  正脚步匆匆!……
十个、
百个、
千万个……
  雷锋……
  雷锋……
  雷锋……
啊,雷锋
就是我们!
  我们
  就是雷锋!……

让我们的敌人

千次、万次地
吃惊吧！……
　　让我们的朋友，
　　永远、永远地
　　高兴！……
让地球的
脑海啊
去思索……
　　让历史的
　　航线啊
　　更加
　　分明……

啊，现在……
你们——
巴黎公社的
前辈英雄啊，
你们请听：
　　你们不朽的事业
　　我们要
　　永远担承！
我们在
井冈山前，
向你们
保证：
　　——我们要
　　子子孙孙
　　永不变啊，
　　辈辈新人
　　是雷锋！……

啊,还有你们——
我国古代的
哲人们,
你们之中
是谁呀?
　　——"见歧路,
　　　泣之而返"
　　　——竟会痛哭失声……
俱往矣!
俱往矣!……
　　今天啊,
　　是何等的不同!
看天安门上——
东方红,
太阳升……
　　——我们有
　　伟大的
　　领袖啊,
　　我们有
　　伟大的
　　群众!……

啊!
看我们
大步前进吧!
　　看我们
　　日夜兼程!……
怕什么
狂风巨浪?!……
　　怕什么
　　困难重重!……

哪怕它啊
　　北风欺我
　　把我黄河
　　一夜冰封？
　　　　——我们有
　　　　革命壮志：
　　　　浩浩长江
　　　　万年奔腾！……
　　哪怕它啊
　　山崩海啸，
　　天塌地倾？
　　　　——我们有
　　　　擎天柱：
　　　　我们的党！
　　　　我们有
　　　　毛泽东思想
　　　　炼成的
　　　　补天石：
　　　　百万——雷锋！……

　　啊啊！……
　　响起来——
　　响起来——
　　响起来吧——
　　　　我们无产者大军的
　　　　震天的号声！……
　　敲起来——
　　敲起来——
　　敲起来吧——
　　　　我们革命人生的路上
　　　　这嘹亮的晨钟！……

伟大的斗争，
在召唤啊——
　　　全世界的弟兄，
　　　　一起出征！……
前进啊——
　　　我们的
　　　　红旗！……
前进啊——
　　　我们的
　　　　革命！……
前进！——
前进啊！
　　　——我们的弟兄！！
　　　——我们的雷锋！！！……
让我们
向历史
宣告吧——
在我们
这伟大战斗的
决心书上
　　　已写下了
　　　我们
　　　伟大的姓名：
我们——
雷锋；
　　　雷锋——
　　　保证：
敌人必败！
　　　我们必胜！
我们必胜啊！
　　　我——们——

必——胜——！！！

1963 年 3 月 31 日

西去列车的窗口

在九曲黄河的上游,
在西去列车的窗口……

是大西北一个平静的夏夜,
是高原上月在中天的时候。

一站站灯火扑来,像流萤飞走,
一重重山岭闪过,似浪涛奔流……

此刻,满车歌声已经停歇,
婴儿在母亲怀中已经睡熟。

在这样的路上,这样的时候,
在这一节车厢,这一个窗口——

你可曾看见:那些年轻人闪亮的眼睛
在遥望六盘山高耸的峰头?

你可曾想见:那些年轻人火热的胸口
在渴念人生路上第一个战斗?

你可曾听到啊,在车厢里:
仿佛响起井冈山拂晓攻击的怒吼?

你可曾望到啊，灯光下：
好像举起南泥湾披荆斩棘的镢头？

啊，大西北这个平静的夏夜，
啊，西去列车这不平静的窗口！

一群青年人的肩紧靠着一个壮年人的肩，
看多少双手久久地拉着这双手……

他们啊，打从哪里来？又往哪里走？
他们属于哪个家庭？是什么样的亲友？

他啊，塔里木垦区派出的带队人——
三五九旅的老战士、南泥湾的突击手。

他们，上海青年参加边疆建设的大队——
军垦农场即将报到的新战友。

几天前，第一次相见——
是在霓虹灯下，那红旗飘扬的街头。

几天后，并肩拉手——
在西去列车上，这不平静的窗口。

从第一天，老战士看到你们啊——
那些激动的面孔、那些高举的拳头……

从第一天，年轻人看到你啊——
旧军帽下根根白发、臂膀上道道伤口……

啊，大渡河的流水啊，流进了扬子江口，

沸腾的热血啊,汇流在几代人心头!

你讲的第一个故事:"当我参加红军那天";
你们的第一张决心书:"当祖国需要的时候……"

"啊,指导员牺牲前告诉我:
'想到啊——十年后……百年后……'"

"啊,我们对母亲说:
'我们——永远、永远跟党走!……'"

第一声汽笛响了。告别欢送的人流。
收回挥动的手臂啊,紧攀住老战士肩头。

第一个旅途之夜。你把铺位安排就。
悄悄打开针线包啊,给"新兵们"缝缀衣扣……

啊!是这样的家庭啊,这样的骨肉!
是这样的老战士啊,这样的新战友!

啊,祖国的万里江山!……
啊,革命的滚滚洪流!……

一路上,扬旗起落——
苏州……郑州……兰州……

一路上,倾心交谈——
人生……革命……战斗……

而现在,是出发的第几个夜晚了呢?
今晚的谈话又是这样久、这样久……

看飞奔的列车,已驶过古长城的垛口,
窗外明月,照耀着积雪的祁连山头……

但是,"接着讲吧,接着讲吧!
那杆血染的红旗以后怎么样啊,以后?"

"说下去吧,说下去吧!
那把汗浸的镢头开啊、开到什么时候?"

"以后,以后……那红旗啊——
红旗插上了天安门的城楼……"

"以后,以后……那南泥湾的镢头啊——
开出今天沙漠上第一块绿洲……"

啊,祖国的万里江山!……
啊,革命的滚滚洪流!……

"现在,红旗和镢头,已传到你们的手。
现在,荒原上的新战役,正把你们等候!"

看,老战士从座位上站起——
月光和灯光,照亮他展开的眉头……

看,青年们一起拥向窗前——
头一阵大漠的风尘,翻卷起他们新装的衣袖!

……但是现在,已经到必须休息的时候,
老战士命令:"各小队保证,一定睡够!"

立即,车厢里平静下来……
窗帘拉紧。灯光减弱。人声顿收。……

但是,年轻人的心啊,怎么能够平静?
——在这样的路上,在这样的时候!

是的,怎么能够平静啊,在老战士的心头,
——是这样的列车,是这样的窗口!

看那是谁?猛然翻身把日记本打开,
在暗中,大字默写:"开始了——战斗!"

那又是谁啊?刚一入梦就连声高呼:
"我来了!我来了!——决不退后!……"

啊,老战士轻轻地走过每个铺位,
到头又回转身来,静静地站立在门后。

面对着眼前的这一切情景,
他,看了很久,听了很久,想了很久……

啊,胸中的江涛海浪!……
啊,满天的云月星斗!……

——该怎样做这次行军的总结呢?
怎样向党委汇报这一切感受?

该怎样估量这支年轻的梯队啊?
怎样预计这开始了的又一次伟大战斗?

……戈壁荒原上,你漫天的走石飞沙啊,

……革命道路上,你阵阵的雷鸣风吼!

乌云,在我们眼前……
阴风,在我们背后……

江山啊,在我们的肩!
红旗啊,在我们的手!

啊,眼前的这一切一切啊,
让我们说:胜利啊——我们能够!

…………
…………

啊!我亲爱的老同志!
我亲爱的新战友!

现在,允许我走上前来吧,
再一次、再一次拉紧你们的手!

西去列车这几个不能成眠的夜晚啊,
我已经听了很久,看了很久,想了很久……

我不能、不能抑止我眼中的热泪啊,
我怎能、怎能平息我激跳的心头?!

我们有这样的老战士啊,
是的,我们——能够!

我们有这样的新战友啊,
是的,我们——能够!

啊，祖国的万里江山、万里江山啊！……
啊，革命的滚滚洪流、滚滚洪流！……

现在，让我们把窗帘打开吧，
看车窗外，已是朝霞满天的时候！

来，让我们高声歌唱啊——
"……鲜红的太阳照遍全球！……"

      1963 年 12 月 14 日，新疆阿克苏

又回南泥湾
——看话剧《豹子湾战斗》

"信天游"啊,不断头,
回回唱起来热泪流!

唱延河啊,想延安,
连想带梦南泥湾……

铃声响,大幕开——
今晚又回延安来!

好熟的路啊,好亲的山,
亲山熟路豹子川……

这一面红旗这一杆号,
咱们的红一连上来了!

手里的镢头肩上的枪,
惊天动地脚步响!

梢林里的火焰万丈高,
世世代代啊都看到!

昨天开荒多少亩?
——革命头前万里路……

南泥湾的夜晚啊这样美,
为革命吃苦甜滋味……

这一架纺车这一根线,
千年万年永不断……

一双草鞋半袋米,
闪亮的红心我认得你!

好亲的话语好旺的火,
火苗上的目光望着我……

望我的心啊,看我的手——
枪支、镢头该没丢……

团长一声把"小鬼"叫,
猛然间我的心里怦怦跳!

恍惚他走到台下来,
又帮我系好草鞋带……

……掌声起,雷声响——
看团长还在那火堆旁。

台上台下二十年,
我身旁坐着我们司令员。

二十年前后几代人?
我怀中坐着女儿红领巾。

司令员低声问这下一代：
"你将来编在第几排？……"

几代人啊，同堂坐——
毛主席还给咱上这一课！

主席的思想啊，南泥湾的路，
斗争永远不闭幕……

司令员拉住我和女儿的手：
"咱们的路啊，就是这样走！"

这样走啊，这样行！——
波涛翻滚在我胸……

塔里木的麦浪啊江南的风，
南泥湾的号声响不停！

……我和司令员紧相跟，
"豹子湾"走到天安门。

步步走啊，步步想，
满心的话啊我要讲……

今晚的谈话不断头，
长安街上难分手……

天外的乌云啊山后的雾，
毛主席指点我们看清楚……

革命的路基要打稳，

还要再刨"山桃根"……

南泥湾的火光啊天安门的灯,
——照得长空分外明!

东海激荡啊天山怒,
战士的筋骨钢铁铸!

伟大的战斗又打响,
是战士都在哨位上!

让我向司令员喊"报告:
我的武器又擦好……"

红领巾儿女啊要走快,
红一连在喊:"跟上来!……"

跟上来啊,跟上来,
辈辈人在红旗在!

红旗万丈向天举——
革命的烈火几万里?!……

火光在前啊,枪在手,
大步长征——不回头!……

1964 年 5 月 29 日

回答今日的世界
——读王杰日记

这样写,
这样写——
我们的日记,
要这样写。

这样写,
这样写——
我们的历史,
要这样写。

写我们
壮丽的红旗,
写我们
伟大的事业。

用我们
整个的生命,
用我们
全部的热血。

生——
这样写,
死——

这样写。

革命!
革命! ——
在每一行,
每一页。

人民!
人民! ——
在每一章,
每一节。

世界,
在我们心中。
英雄,
在我们行列。

我们是
黄继光、雷锋的战友,
我们是
千百万个——王杰!

谁说王杰
已经牺牲?
谁说战友
已和我们告别?

看千百万颗王杰的心
正一齐跳动,
看千百万本王杰日记
仍继续在写……

写啊,
我们写!
我们这样写,
我们必须写——

面对
万里的烽烟,
回答
今日的世界!

革命——
决不后退!
斗争——
决不停歇!

怎能容忍
叛徒的出卖?
怎能允许
强盗的猖獗?

红旗——
决不会倒下!
火炬——
决不会熄灭!

谁是
"革命的良种"?
人民——
自会鉴别!

请看
革命的大军,
此刻正在
重新集结……

我们是
毛泽东的战士,
我们是
英雄王杰!

来吧,看敌人
怎样疯狂?
来吧,让暴风雨
更加猛烈!

我们早已
做好准备,
准备迎接
要来的一切!

我们将高唱:
"这是最后的斗争……"
永远战斗
在最前列!

我们将
打开日记本,
把毛泽东思想的真理,
大字书写——

写:天空

不会塌陷!
写：地球
不会毁灭!

写：把帝国主义强盗，
彻底埋葬!
写：对修正主义叛徒，
进行最后判决!

写啊：世界人民
最后胜利!
写啊：全地球
遍地花开季节……

啊，我们的日记，
我们的历史，
将写下：明天
更新、更美的一页!

      1965 年 11 月 11 日

中国的十月

一九七六年,
中国的十月。
历史的巨笔,
将这样书写:
无产阶级革命的
又一伟大战役,
为真理而斗争——
新的光辉一页!

啊……
一九七六年,
严峻的十月。
伟大的导师
和他伟大的战友,
已和我们永别……
生前的遗志啊,
怎样实现?
如何继承
他们开创的事业?

在中国,
在十月。
命运大搏斗的
风风雨雨,

我们心潮激荡的
日日夜夜——
怎能不想啊
那长征路上
莽莽昆仑"这多雪"?

在北京
在十月。
中南海内
波浪起伏,
长安街上
灯火明灭——
怎能不念啊
娄山关前
"而今迈步从头越"?

啊……
一九七六年,
惊心动魄的十月!
天安门城楼
连接着遵义城堞,
大会堂前
似见当年
那会址的台阶。
每一天,
每一夜,
怎能不牵动
世界人民的心啊,
和我们人民
心中的世界。

啊!
一九七六年,
震撼世界的十月!
我们的党
胜利了!
北京的晨曦
向世界报捷。
党中央一举粉碎
"四人帮"反党集团,
无产阶级的巨手,
终于捉住了这窝蛇蝎!

十月啊,
伟大的十月!
中国人民
胜利了!
看革命的航船
正扬帆飞跃。
党中央
执行人民的意志,
肩负全党的重托,
在这伟大的战役中,
是何等的英勇、果决!

十月啊,
欢乐的十月!
当胜利消息传遍
举国沸腾的时辰,
当幸福
火一样灼人的此刻——
我向你啊

放声歌唱!
我为你啊
奋笔挥写:
伟大、光荣、正确的党啊,
我们万难不摧的
阶级的事业!

我要唱啊,
我要写。
在这欢庆的
锣鼓声中,
在这祝捷的
不眠之夜……
用我止不住的
欢欣的泪水啊,
用压不住的
我滚滚的热血!

写啊,
我要写。
在我劳动的
炼钢炉旁,
在我们厂
游行的队列——
师傅的喜泪
和我的泪水汇流,
阶级的热血啊,
向着我心头倾泻……

在声讨会上,
在游行的行列。

我又看见——
师傅肩头
大伯留下的血衣……
小侄儿手中
妈妈被卖的契约……
我怎能不高呼——
叛徒、内奸捉住啦!
我们红色的万里江山啊,
怎容他拉回
那"三月的租界"!

在声讨会上,
在游行的行列。
我又看见——
那英雄连队
登城首功的战旗……
老将军脚上
那万里长征的草鞋……
我怎能不大叫——
"四人帮"垮台啦!
我们党的千秋大业,
决不能被蛀虫一旦毁灭!

啊!一九七六年,
热血沸腾的十月!
党中央的
光辉文件——
携带着
九天愤怒的雷霆,
八亿人民衷心的喜悦,
发出了

讨伐"四人帮"的
战斗檄文，
对历史的小丑，
宣布历史的判决！

啊……
一九七六年，
悲泪和喜泪交流的十月……
在此时，
在此刻——
我们的心
牵挂着
那水晶的棺椁，
长青的树叶；
我们的心啊，
又飞向毛主席面前——
啊……
我们伟大的人民，
用新的胜利
又在接受
您的检阅……

啊……
一九七六年，
思绪万端的十月……
喜泪如连绵春雨啊，
捷报似漫天飞雪。
百里首都钢城，
十里长安大街……
——此情此景啊
怎能不令人记起：

突破腊子口,
三军开颜的滚滚铁流……
百万雄师过江,
踏平魔鬼的巢穴……
——此景此情啊
又怎不令人回想:
泪雨中升起的
第一面五星红旗……
第一次照见
五亿人民团圆的
中秋明月……

啊……
一九七六年,
万众欢呼的十月!
爆竹声声相连
锣鼓阵阵相接……
不是国庆的国庆啊,
不是过节的过节。
来啊,
我年轻的老战友,
我年老的新同学……
让我们重逢
在游行队伍中吧——
早已有心在先,
此次何须相约?
来啊,
手把手教我的
工人师傅啊,
饱尝战斗艰辛的
我们的大姐……

让我们相会
在纪念碑下吧——
踏过那一月的寒风,
登上这十月的台阶……
让我们朝向
祖国的江河大地,
用倾盆的泪雨
把捷报书写……
这样——向总理告慰:
十月啊——今天,
今天啊——十月!……

啊!
今天——十月,
中国的十月。
一九七六年啊,
伟大进军的十月!
在庆祝胜利的
此时此刻——
我站在天安门广场,
我们伟大人民的战列。
看天安门城楼,
那召唤进军的红旗……
听《国际歌》声,
向万里云天飞越……
是巴黎公社的火焰,
是丙辰清明的鲜血……
卷起我心潮滚滚啊,
似大江东去浪千叠!
望革命征程
千山万岳……

听战鼓又催征啊,
革命战士
怎能不壮怀激烈?!

任妖魔善变,
任道路曲折——
马列必胜。
人民不朽。
真理不灭。
——这就是
一九七六年十月战役的
伟大总结。
我们的党啊
大有希望!
社会主义
大有希望!
——这就是
今日的中国
又一次
这样回答
今日的世界!……

1976 年 10 月 30 日初稿
1979 年 4 月 5 日改

啄 破

1988年7月,我参加在保加利亚首都索菲亚举行的第四届国际儿童联欢大会,大会和"和平旗帜"工作机构的图徽为画有经纬度线的地球,下方为啄破蛋壳的两只雏鸽。

雏鸽啄破蛋壳,
里面有你有我。
——这是"和平旗帜"的图徽,
这是全世界儿童心中的歌。

啄破!啄破!
小鸟长成要出壳。
——这是地球生育的形象,
这是全人类的前进之歌。

打开巴士底狱唱的这支歌。
攻占沙皇冬宫唱的这支歌。
——我们的老师都知道。
我们的老人都记得。

从莱比锡法庭到自由公园①唱的这支歌。
从井冈山到天安门唱的这支歌。
——你的爷爷经过、讲过。

---

① 自注:自由公园,在索菲亚市区。

我的奶奶讲过,经过。

我们的地球妈妈是圆?是转?
啄破!啄破!——我们这才认得。
这样,第一架蒸汽机在地球上诞生。
这样,第一座登月舱到月球上降落。

西天的霞光能变成永久的晨曦?
东方的红旗怎越过曲折和阻隔?
解惑——要唱这支歌。
探索——要唱这支歌。

历史公公未曾容太久的混沌,
长河婆婆不许有太长的洄波。
啄破!——这是我们前人的歌。
啄破!——这是我们今人的歌。

我们的岁月,一秒沉醉已太久。
我们的大地,一声叹息已太多。
我们的爱,不是无人理解的"爱何"①。
我们的期望,不是永远等不到的"戈多"②。

啄破!啄破!——
这不是遗忘、狂妄之歌。
我们的翅膀要冲向千条银河,
我们的心脏却连着你我的扬子和尼罗③。

---

① 自注:"爱何",山林女神,见古罗马诗人奥德维的长诗《变形记》。
② 新注:"戈多",见法国爱尔兰裔当代作家贝克特的《等待戈多》一剧。
③ 新注:指中国的长江和埃及的尼罗河。

啄破！啄破！——
这不是无根、无向之歌。
大地母亲的奶汁给我们神力，
使我们不会在宇宙的黑洞里跌落。

啊，啄破！啄破！
鹏鸟长成要出壳。
飞吧，飞向人类的未来！
唱吧，唱这支属于你、他、我……
　　属于全人类的前进之歌
　　　　——永恒之歌！

1988 年 7 月 17 日，于索菲亚

附 录

《贺敬之诗选》（1979年版） 自序

这是一本我过去所写的诗的结集，是从至今还能留存下来的作品中选出的。山东人民出版社的同志约我编选这本集子，被我拖延了半年之久。这中间我曾迟疑再三：这些写于我少年时代的幼稚作品和后来虽然年长而水平依然不高的东西，今天还值得重新拿到读者面前来吗？

出版社的同志向我解释说：作为纪念国庆三十周年的出版计划之一，各地出版社分别都已约定作家这样做了。对此，我当然是十分赞成的。作为对"四人帮"的"空白论"和文化专制主义的回答，继两年多来陆续恢复上演和出版被他们禁锢的各种文艺作品之后，进一步再出版一批作家的专集，这无疑是一件好事。特别是为了总结我们以往的经验，以利于我们在新长征路上更好地前进，这样做对于读者、作者和评论工作者都是非常有益的。

不过我仍然分辩说：如果把我列为其中的作者之一，那恐怕就和上述目的不相称了。虽然，作为革命文艺队伍中的一个成员，从我投身到这支队伍时起，我从未动摇过我的自豪感。我甚至在《放声歌唱》这首诗里，在提到对李白、杜甫等古代伟大诗人的热爱时，这样骄傲地说过："我们的合唱——比你们的歌声响亮！"这当然是指我们整个歌队的"合唱"，而不是指我个人的"独唱"。虽然我也曾唱过几支歌，不过比起我们前辈、同辈和后辈的优秀诗人来说，我确实不是一个能够代表我们歌队水平的值得一提的歌者。

那么，为什么我终于同意出版社提出的要求了呢？这是由于我从另一角度做了这样的考虑：对任何一个战役作出全面总结的时候，不仅应总结战斗英雄、先进战士的经验，也应注意到普通战士以及后进战士的状况。不仅应重视那创造重大战果的主要武器的效能，也应注意那起配合作用的各种其他类型武器的使用状况。从后者出发来考虑，这就是我在出版社的催促下终于决定编选这本集子的主要原因。

此外，还有没有别的原因呢？有。这就是：我想借此也可以对"四人帮"及其爪牙作出回答。或者，也可以叫作"感谢"吧。"感谢"这帮东西们从反面给了我终身受益的深刻教训。他们在中国人民推倒三座大山之后，不久又用重新使国家濒于崩溃、文化濒于毁灭和使千百万干部和人民惨遭荼毒的血淋淋的现实，擦亮了我的眼睛，推动我跟随亿万人民一起去思考过去从不曾想到的问题。同时，作为一个不成熟的革命者和诗歌作者，也使我经历了我以往从未经历过的感情磨炼，使我体验到了当我跟许多同志一起不明究竟地突然被指为是"敌人"时的震惊和痛苦；同时，也使我终于认识到，原来我是被敌人看作是敌人，因而感到的宽心和自豪。——所有这一些，使我怎么能不"感谢"我们的大反面教员"四人帮"呢？

当然，我的觉悟过程是十分艰难和痛苦的。而特别痛苦的一点是：对出现在眼前的严酷事实，几乎总是从"想不到"开始的。是的，想不到，简直是做梦也想不到呵——

我少年时代曾用笨拙的诗句记录过我对旧中国农村的悲惨生活的回忆（其中一部分选收在本书的"乡村的夜"一辑中）。那是我在革命圣地延安的温暖怀抱中，带着向母亲倾诉冤屈的心情，把它作为一去不复返的往事来写的。怎么？竟会在几十年后，在社会主义新中国的一些地方又重新出现了这般情景呢？

1945年，在延安中央党校礼堂，我们接受党的"七大"代表的意见，在戏剧舞台上已经把他枪毙了的黄世仁，怎么在几十年后又突然复活，并且在一段时间里，分明像是坐在指挥批斗革命者的大会主席台上发号施令了呢？而我们这些曾用和着泪水的笔尖和歌喉为喜儿控诉，在解放区的太阳光下迎接她走出山洞的文艺工作者，怎么会有朝一日自己被变成喜儿，并且和大批老一辈革命家和革命文艺工作者一起，被关进"山洞"了呢？

是的，的确想不到啊。1963年，虽然我在《雷锋之歌》中曾写

过我对我们事业艰巨性的初步认识,也曾猜想过在今后的日子里还会有"乌云翻腾"。甚至我还进而这样发问过:

> 梅花的枝条上,
> 会不会有人
> 暗中嫁接
> 有毒的葛藤?……

但是,我却万万没有想到:没有等很久,就在梅花的枝条——我们党和国家的伟大肌体上,"四人帮"这样的大毒藤竟为害如此之烈,险些把整个花木置于死地!在我写那首诗的当时,虽然我也在提醒读者和我自己,不要把过去的斗争当成已经遥远的过去,而应该经常想着:"镣铐啊,曾在何处响?鲜血啊,曾在何处凝?"但是,我哪里能料到,不久就在"此处"——在"四人帮"设下的监牢中,在丙辰清明的天安门广场上,居然重演了呢?!

当然,在"四人帮"肆虐的长时间里,是不能不想的。对有些事,也逐渐地想到了一些,但就整个发展过程来说,在许多问题上,到头来还是想不到啊。1969年,我被革命群众宣布"解放"。到1972年,人民文学出版社要再版我那本《放歌集》。告诉我这是根据周总理在出版工作会议上指示的精神,由编辑部选定的。主持此事的同志对我说:这是为解放一大批文艺书目"投石问路"。虽然这时我已能够想到,这恐怕是不容易的事,因此我对他苦笑着说:"也许结果会是石沉海底吧!"但我当时总觉得还不至于因此又重遭横祸。哪里想到,这事很快就惊动了"四人帮"的爪牙。他们把重印这本书和我不愿做"四人帮"希望我做的事联系起来,作为我"不肯转变立场"的表现,通知不许把这本书翻译成少数民族文字,不许选入语文课本,并下令组织"批判"。后来,进一步又把我作为"右倾复辟""黑线回潮"的重点人物进行了多番追查和围攻。最后,竟十分"荣幸"地经江青、张春桥、姚文元亲自批示对我采取措施:长期下放,监督劳动。一直到那亿万人民悲愤难忍的1976年,当我和工人师傅一起在车床前为邓小平同志被批判而愤怒,在一月的寒风中为失去总理而痛哭,当我从探望我的战友那里得知总理在病重期间又问起我这个人并提起了《雷锋之歌》,特别是当我自己挣扎在病床上面对四月五日的血雨腥风而捶胸顿足时,我不能不痛苦地叫出:现在,我想到了,我能够想到了……

如今,在粉碎"四人帮"两年多以后的今天,所有这一些,都已经成了往日的记忆。在亿万人民为党和国家命运进行生死搏斗的惊涛骇浪中,一个普通的个人和一本平凡的小书的如此遭遇,本来是微不足道的。那么,在这篇原不需要多费笔墨的序文里,为什么我如此不能自禁地还要提起这些呢?

这在前边,我已说过了。为了未来而回顾过去,为了大海而想起水滴,也为了消灭敌人而向敌人领教。现在,我们的国家在痛定思痛之后,又重新站立起来,正昂首阔步,在新的长征路上,向四个现代化迈进。历史已经反复证明,"四人帮"从反面更向我们证明:我们的党和人民是有力量的,是成熟的。他们能够鉴别真理,分清真假马列主义,分清真假高举,能够正确总结新中国三十年来的经验教训,懂得被"四人帮"所痛恨的所谓"十七年"为什么可以说主要是做得对的,另外又有哪一些不对。懂得了我们今后应该做什么和怎样做。

> 我们的党啊
> 大有希望!
> 社会主义。
> 大有希望!

这就是我在《中国的十月》这首粗糙的急就章中不能不呼喊出来的内心的声音。正是这样,不管是在光明和黑暗搏斗的过去的日子里,也不管是在清扫垃圾的这两年多来以及今后的行程中,我怎么能不经常想起"四人帮"从反面给我们提供的证明和教训呢?

也正是由于这一点,使我不能不想到,作为当代中国的一名作家和诗人,他生活和创作的道路究竟应当怎样。我怀着敬佩的心情念着在丙辰清明的天安门广场,在所有严峻时刻用笔和生命为真理而斗争的那些同志的名字。他们的榜样告诉我们：一个革命的作者，不论过去、现在和将来，都应当首先学会辨明真理并坚持真理，决不可向任何恶势力低头和投靠。而恶势力不仅在旧社会有，在新社会也还会有，如林彪、"四人帮"及其前辈和后辈们就是。与此相关，有一个极其重要的创作思想问题必须彻底解决。诗，以及所有的文艺作品，必须真实地反映客观生活，同时也必须真实地反映主观感受。这就不可避免地出现了作者的爱和憎问题，也就是创作上的歌颂光明和暴露黑暗这个老问题。这是作家的党性和作品战斗性的尖锐表现，是坚持真理、坚持生活真实性和政治倾向性相一致而必须解决的问题。这个问题伴随着社会主义时代的新的历史进程，以新的表现形式和较之以往深刻百倍的内容，提到了我们面前。正是在这个问题上，"四人帮"这伙在光明的新中国大造黑暗的家伙，又一次从反面向我们提供了教训。我们必须进一步认识，歌颂光明和暴露黑暗，从来是一个问题中不可或缺的两个方面。这不仅在无产阶级当权以前是这样，在以后也仍然是这样。我们理应大大地歌颂光明，但同时也必须勇敢地、准确地揭露和批判那些落后和黑暗的事物。在经历了"四人帮"这场浩劫之后，我们亲眼看过我们的党和人民是怎样用血泪和生命去面对黑暗、揭露黑暗、消灭黑暗，因此才保卫了光明，扩大了光明，从而也就是真正地歌颂了光明。时至今日，难道还不足以使我们从中引出必要的教训吗？

　　写到这里，我的心情难以平静。翻开这次编选的这本集子，回顾以往学习写作的经历，我不能不说：在伟大的斗争面前，在斗争的行列中，我的确是一个水平不高的战士。虽然我跟随着队伍，也曾在阵地上进行了一些战斗，但打得是这样不出色。当然，无须讳言：我认为自己以往的道路，在大的方向上，我还没有走错。我曾用真情实感去歌颂光明事物——我们的党、人民和社会主义祖国，是应当做的。但是另一方面，我还必须说：我对社会主义事业的理解是太肤浅、太幼稚了，对我们生活中的矛盾的认识是过于简单，过于天真了。这就使得我在作品中不能准确而大胆地表现矛盾斗争，因而就不能更深刻、更有力地反映和歌颂我们的伟大时代。例如《十年颂歌》这首长诗，今天看来不仅显得无力，而且其中关于庐山的那段批判性的文字还是错误的。在编印这本集子时，尽管我对别的作品除仅做个别文字的改动外一概保存原来的面貌，而对这一篇中的这一整段，我不能不以负疚的心情把它删除。是的，历史在教育我，党和人民在教育我，"四人帮"从反面也在教育我。那么，为了迎接今后的更加复杂艰巨的斗争，跟上时代的前进步伐，为了做先进战士的一个够格的战友，我怎么能不奋起直追啊！

   我不能
   远远地
   望着你的背影
   把你赞颂，
    ——我必须
    赶上前来！
   和你
   一起啊
    奔向这
    伟大的斗争！

  请允许我在这篇序文的结尾，引用自己过去的诗句，来督促我自己吧。

1979 年 7 月 10 日

《贺敬之诗选》(1997年版) 代序
——《中国新诗库·贺敬之卷·卷首》①

周良沛

贺敬之(1924.11.5—),曾用笔名艾漠。山东峄县贺家窑、(今枣庄市郊)人。②这是一个穷困、闭塞的小村子。父母是贫苦农民。童年时,他靠亲友的帮助,进了一所私立小学。1937年暑假,他考上了设在滋阳县的山东省立第四乡村师范。进这个学校,每月有五块钱补贴,可以解决伙食问题,因而报考的都是穷学生。贺敬之当时只想有个谋生的职业,考取了也就很满意。此校学生年龄不限,最大的有二十多岁,一般的十七八岁,而他当时只有十三岁,是最小的一个。不料,他入学没几天,日本侵略军打过了黄河,直逼济南。学校急忙动员学生回家。随后,山东的一些中等学校纷纷迁往湖北,组建"国立湖北中学",总部设在鄂西的郧阳,师范部则设在均县。1938年春,母亲把家中仅有的五块钱缝在他的衣角里,送他与几位同学一起找学校去。步行加扒车,挨饿又冒险,他终于找到学校。"当时抗日如火如荼,这个武当山下的城市一下沸腾了,日日夜夜唱着抗日歌曲。冼星海的《我们在太行山上》,这首歌就像专给他们写的,均县的人民几乎都会唱它。县城的南北大街贴满了学生的壁报,这些壁报从各个角度,反映了青年学生抗日的胸臆。这时学校的课程较少,国文课,有的老师选讲了抗日有关教材,给

---

① 新注:此文收入《贺敬之文集》时,周良沛同志曾做了部分修订。
② 原注:本文有关贺敬之的简历材料,除另有注明出处的,均引自江苏人民出版社1982年5月版《中国当代文字研究资料·贺敬之专集》中的王宗法、张器友的《贺敬之小传》。

统编高中语文教科书指定阅读书系

学生们提供了宣传资料。贺敬之是搞宣传活动的积极分子,他下乡宣传,也写宣传稿件。这时他已经以诗为武器参加了战斗。他的国文老师有时把他较好的富有战斗性的诗,从'作文本'上选出来,张贴在教室里,叫同学观摩。可惜现在无法找到这些底稿了。"可是,汉江水时落时涨,学校里也不平静。国民党战干团来学校招生,欺骗青年上钩。师范部的课程增加了军训,派来军事教官,推行法西斯教育。1938年10月后,武汉在日军的炮火下已岌岌可危,学校再度西迁入蜀。他随校经陕南步行入川。校名由"国立湖北中学"改为"国立第六中学"。总校设在四川绵阳,贺敬之进了设在梓潼县的第一分校。但在罗江县的四分校有作家李广田、陈翔鹤和诗人方敬当教员,于是,贺敬之想转到四分校以提高自己的写作水平和文学修养。为此,他曾冒雨打伞步行两百华里找到李广田。那时,李广田和他朋友办的《锻冶厂》已铅印出版,影响不小。四分校的学生已挤不下,他劝贺敬之,读书在哪里都一样,"有了作品可以给他看,可以发表"。贺敬之回梓潼努力写作,跟同学们办起了"挺进读书会",书籍是节衣缩食、用几个人的伙食尾子集中起来买的。贺敬之后来在诗中写到他在倾圮的文昌庙隐蔽的角落里,"和我的小伙伴们/躲过/三青团的/狗眼,/在传递着/传递着/我们的/'火炬'——/呵,我的/《新华日报》,/我的/《大众哲学》……"正是那时的情景。也正是对学校当局发行《黄埔日报》,请三青团的干事长任觉五到校讲《孔夫子的大同世界》所展开的正面争夺战。而且,贺敬之和同学们,在学校众多的壁报中,办起他们引人注意的《五丁》。那时的贺敬之,也已在全国性的报刊,如《大公报》的《战线》发表他少年时的作品了。高年级与他来往较密切的李方立、顾牧丁后去成都谋生,编《新民晚报》副刊,他以"艾漠"为笔名在上面发表的作品就更多,为更多人熟悉了。但,随着国民党反共政策的全面铺开,三青团已可以公开没收同学的进步书籍,"查询并登记订阅《新华日报》的同学姓名。教育部竟派人审讯参加抗日宣传的积极分子"。贺敬之和他的伙伴,"在无水的古井的砖缝间撬开墙上的砖,把书藏在墙里,藏在郊外的墓穴里,藏在荒草里……然后选取敌人不注意的时候,才取出来学习"①。1940年4月,李方立从成都来找贺敬之,并约上程芸平、吕西凡一同步行往延安。历时四十余天,行程极为艰险,但内心无比欢欣。途中,他以《跃进》为题的组诗,后来发表在胡风主编的《七月》。

他初到延安,先进徐特立为院长的自然科学院中学部上高中,后考进了鲁迅艺术学校文学系第三期。当时,他只有十六岁。亲自面试他的系主任何其芳称他为"一个小同学"。从小经历了长长的流亡生活的贺敬之,在革命大家庭的温暖中,阅读了"五四"以来的及许多中外名著,勤奋写作,除了有表达他初到延安时面对新生活的感受的《并没有冬天》外,还有回忆自己苦难的童年和家乡生活的《乡村的夜》等作品。

1942年,在毛泽东《在延安文艺座谈会上的讲话》之精神的号召下,他走出学院,开始和革命根据地劳动群众打成一片。在民间传说《白毛仙姑》的基础上,以他为主和丁毅等同志集体创作了新歌剧《白毛女》,一个"旧社会把人变成鬼,新社会把鬼变成人"的故事,以其现实主义与浪漫主义相结合焕发的美学光彩,成为一部家喻户晓的作品,为我国新歌剧的创作奠定了基石,开辟了道路。该剧曾被搬上银幕,译成多种外文,改编为多种形式在许多国家上演过,赢得了广泛的国际声誉,获得1951年斯大林文学奖。贺敬之从而也以剧作家闻名于世。

抗日战争胜利后,他随文艺工作团到华北,在"华北联合大学文艺学院"工作。解放战争期间,参加了土改、支前等群众工作。1947年参加青沧战役,立功受奖。这期间,他创作了秧歌剧《秦洛正》,诗人写的表现根据地人民生活和军民关系的诗篇,其中的《南泥湾》《七枝花》《胜利进行曲》《平汉路小唱》,一经作曲家谱曲,它们就如长上了翅膀,广为传唱。

1949年7月,他参加了全国第一次文代会,被选为全国剧协理

---

① 原注:以上引号内的引文,均引自白峡根据"六中"同学白莎、刘允盛、吕兆修提供的材料写成并发表于成都《星星》诗刊1981年11月号的《贺敬之流亡中的诗生活》。

事和作协理事。后到中央戏剧学院创作室工作,任《剧本》《诗刊》编委,剧协书记处书记等职。可是,青少年时的不幸,生活对他的摧残所埋下的病疾,在他生活条件大大改善之际,却迸发出来了。他很多时间都住在医院和疗养所,加之所从事的工作都是在办公桌上办的,深入生活和创作的时间很少,那段时间他几乎没写什么东西。

1956年,因一次重回延安的激动而写出的《回延安》,使剧作家贺敬之又回到诗坛了,诗人贺敬之的歌声又在四处飞扬。1956年"七一"前夕,他那一千八百行的长诗《放声歌唱》,特别是1963年又一千二百行的《雷锋之歌》,不仅标志了他的诗的成就之高度,而且更是开一代诗风之作。作者的政治热情和作品的诗美,得到读者的认同和赞赏,为新诗史写下了很有光彩的一页。

1966年"文化大革命"开始后,他的笔已不可能用于歌唱新中国的新生活,只能写"交代""检查"。1969年获得"解放"。1972年,根据周恩来总理对出版工作的指示精神,人民文学出版社再版《放歌集》,也以此为给更多的文艺书籍的"解放"而投石问路。不料,"四人帮"一伙马上警觉起来,把这本书的重印跟诗人没有写他们要他写的、做他们要他做的事联系起来,作为"黑线回潮""右倾复辟"的"新动向"来抓。一方面,通知不许将诗人的作品译成少数民族文字、不许选入课本,并下令组织文章批判;另一方面,下令诗人所在单位的造反派再次进行会议批判,加以围攻。最后,经江青、张春桥、姚文元亲自批示:长期下放、监督劳动。

此时,贺敬之的夫人、诗友和战友柯岩,自然不可能再像动乱初期那样怒目挺立在"造反派"面前,用义正词严的辩论和一张张大字报回驳他们对贺敬之的诬陷和迫害,而只好强忍义愤,为防新的不测帮贺敬之赶做行前准备,用"相信"二字代替"再见",目送贺敬之被执行人员送往监督劳动的所在地首钢炼钢厂。"相信",这是自"文革"他俩同时遭难以来一有机会就倾谈的话题:相信真正的人民群众,相信党的健康力量,也相信自己走过的和将走的道路。这样,贺敬之作为"四人帮"亲批的一名要犯,在首钢果然也和柯岩下放劳动的情况相似,受到工人群众的信任和暗中保护。在

"四人帮"进一步猖獗的日子里,老战友辗转告诉他病重的周总理提起了他的名字和他的《雷锋之歌》。周总理去世后,当他在医院的病床上面对"四·五"的血雨腥风而捶胸顿足之时,来探望他的工人师傅把传抄的天安门广场上的诗页偷偷塞在他的枕下并悄声告诉也转给柯岩……

粉碎"四人帮"后,贺敬之的新作《中国的十月》《"八一"之歌》,表达了他抑制不住的喜怒交织之情。之后,他出任国务院行政机构文化部副部长,负责落实政策的工作。他为长期蒙冤的许多好同志,包括1955年"胡风反革命集团"案和1957年"反右"遭到不公正待遇的同志,一一平反昭雪、恢复名誉、落实政策。当时,文化系统有几十位在1958年已被当作"右派"弄到边远地区遭受不少磨难的同志,最后查档案竟都是没有经过正式审批手续,因而也无案可查的"错划"者,若不以"错划"处理,则只能被当地安置,他说:"这些同志不就是为了'右派'这顶帽子吃了那多苦嘛,怎么可以在落实对'错划'者的政策时,反而把按当时组织手续都不是'右派'而又当作'右派'的同志抛开呢?"他以实事求是、对人负责的态度,通过组织将他们先调回北京再一个个具体落实政策。在中国文坛几十年风雨不休的所谓"胡风反革命集团"一案,1980年,他参与了由中央和国务院有关部门复查并从政治上予以平反的工作。1986年6月,"对胡风同志文艺思想等方面的几个问题进行复查后,又进一步予以平反",认为,对"胡风文艺思想和主张有许多是错误的,是小资产阶级的个人主义和唯心主义世界观的表现"这一论断,"经复查认为,对于胡风同志的文艺思想和主张,应按照宪法关于学术自由、批评自由的规定和党的'百花齐放,百家争鸣'的方针,由文艺界和广大读者通过科学的正常的文艺批评和讨论,求得正确解决,不必由中央文件作出决断。因此,这个问题也予撤销"①。贺敬之在其时其位,正是具体促成和执行这一政策的当事人。他是以实事求是的大勇,排除了各种"左"和"右"的干扰,使之得到贯彻执行。他虽然由此少写诗,甚至无空写诗了,但他的

---

① 原注:见1988年7月23日《文艺报》。

工作，却解放了许多有才华的诗人，解放了他们的诗……

古稀之年，体衰多病的诗人从工作岗位上退下来，练书法，吟旧体诗，偶尔也有似旧体又不完全拘于旧律的作品，又见诗人新的艺术追求。

诗人有诗集《并没有冬天》（上海泥土社，1951.9）、《朝阳花开》（作家出版社，1954）、《放声歌唱》（中国青年出版社，1956）、《乡村的夜》（作家出版社，1957）、《放歌集》（人民文学出版社，1961）、《雷锋之歌》（中国青年出版社，1962）、《回答今日的世界》（四川文艺出版社，1990）以及《贺敬之诗选》（山东人民出版社，1979）。有《贺敬之文艺论集》（红旗出版社，1985），还有贺敬之为主要执笔人的集体创作《白毛女》（张家口新华书店，1946）。

如果说《白毛女》是可歌唱的新歌剧，使贺敬之以剧作家闻名于世，那么，作为文学脚本，它却应该看作诗剧。这，正好说明，贺敬之的剧都是无法和他的诗分开的。何况，诗人写出《白毛女》之前，就已经写出《并没有冬天》《乡村的夜》这两部诗集中的全部作品呢。

从20世纪40年代到70年代，中国大陆的男女老少，不知道《白毛女》的故事的，真是太少了。它是根据晋察冀边区河北西北部流传的一则新传奇写成的。说战前村里一恶霸，平时欺压佃户，荒淫奢侈，无恶不作。某一老佃农（剧中之杨白劳）有一孤女（剧中的喜儿），聪明美丽，被恶霸（黄世仁）看上，乃借讨租为名，阴谋逼死老农，抢走该女。她到财主家，被凌辱奸污后，又被厌弃。财主续娶新人，筹办婚事，正要暗谋出卖该女之际，一善心的老用人乃于深夜把她放走。她背负仇恨、辛酸，找到一个山洞住下，由于山洞中没阳光，没有盐，她已全身发白。晚上跑到奶奶庙里偷供果，被村人信以为"白毛仙姑"，香火更盛，而她也就借此度日。抗战爆发，八路军来了，将这被旧社会逼成鬼的"白毛仙姑"重新变成人。……当今，无论中国的现实发生怎么样的翻天覆地的变化，旧中国若是没有压迫者剥削者和被压迫者被剥削者的阶级矛盾和阶级斗争，也就没有今日的一切。这是铁的历史，是任何人用任何方法都更改不了的。

以此为历史作证的贺敬之,就是从农村走出来的。中国农民在旧社会的苦难,对他的人生和艺术,都烙下很深的烙印。他的那组《乡村的夜》中写到腊月的寒夜,被炊断妻病之灾逼得卖儿的小全他爹,在回家的路上数着卖儿的四吊五百钱时,一个将死的弃婴在泥坑中的哭声止住了他的脚步,他恍惚听到自己卖去的小全在哭,他抱起这弃婴说:"谁家生了你,小孩,把你扔在这里,呵,狠心的人!"由此,他听到自己的声音,也是在咒骂自己,他又把卖儿的钱留下一吊给这弃婴,这弃婴还是死了。若要讲"人性",诗人将这苦难之中的农民的人性光辉,进行艺术的升华。而那由于饥饿和寒冷而卧病不起的母亲能听到煮食之声并有炊火之暖,为此却在烧自己一条残腿的"铁拐李";及一个"荒乱年成,再也打不起租子"而卖了儿,妻上吊的农民,喝醉想忘记苦痛也死在妻子坟前的"醉汉";还有那被"赵大爷"一再迫害而出走,几年后带着枪和伙伴回来报仇、破仓济贫的"黑鼻子八叔",终于被地主带来的"官兵"包围而壮烈牺牲的悲剧,都是我们"乡村"的黑"夜"里的故事。诗人写农民心灵的痛苦、扭曲、人性、异化,比起同时期、同类题材的作品,是另有特色的,比起新诗早期为"文学"的"平民化"而以知识分子对"劳工"的"人道"所予以的同情而写的诗,又生动、深刻多了。黑暗中的人们是盼黎明的。贺敬之能为他熟悉、忘不了的农民写"太阳出来"时"白毛女"的翻身事,也是在圆这农民之子的梦呵。

然而1945年6月10日,鲁艺为"七大"首演《白毛女》后,在从上而下的肯定、赞赏声中,当时就有自以为是"现实主义"的捍卫者,在《解放日报》上撰文说它不是"现实主义"的;不想,90年代对《白毛女》又有《故事新解》①,已引起各方的关注。它说"新的时代需要新的看问题的方法",说该"撇开贫富差距这个社会问题,而从经济关系的角度考察",从那什么现代经济法的角度看,"黄世仁和杨白劳的关系本来是债权人和债务人之间的关系,而债权人以适当的方式向债务人索取债务应当受到法律的保护"。"根

---

① 原注:见北京《读者》1993年7月号。

据经济法，当借债的欲求发生，只有在借取的一方有能力偿还债务的情况下，借贷关系才能成立"。"在现代西方社会如果有人要向银行贷款，就是这个道理。而杨白劳是赤贫，根本没有偿还能力。因此这一借贷关系本不应该成立"。然而，杨白劳的"头脑发热。产生破坏性的冲动"——自然是指剧中杨白劳为财主要抢走他女儿，逼得他在服毒自杀前"我要和他们拼了"的仰天呼号。这在有"新的看问题的方法"者来看，自然是有违"现代经济法"的大逆不道的行为了。照这一先生所说："对贫穷如洗的杨白劳们进行扶持和救济，使他们脱贫致富，应当是社会的责任。"

然而，要是有一个愿为杨白劳尽到社会责任的社会，帮他"脱贫致富"，还可能发生《白毛女》的故事吗？可是，为什么新社会帮助贫困户的"脱贫致富"，在旧社会只能是天方夜谭呢？而杨白劳所以被逼死，却恰恰是由于一个帮助支持老财压迫剥削杨白劳的统治集团，是这样在尽它的"社会责任"而形成的悲剧！

现在所以要说这些话，正是因为有的人过去用文字很热情地赞扬了贺敬之的诗，后来也为"新的时代需要新的看问题的方法"，像看《白毛女》那样，又完全推翻他们自己做过的评语。

可是，可以这么说，贺敬之的诗，在过去，在现在，它的价值和意义却是不可能为什么"需要"而变的，变了的"看问题的方法"并不能变了贺敬之的作品本身及它的价值。

若以《白毛女》为中点，那么，在这之前他的《跃进》写他为摆脱法西斯教育和白色恐怖投向革命"喘息着，/摸索向远方……""是不倦的/大草原的野马；/是有耐性的/沙漠上的骆驼"的韧性，和《白毛女》的喜儿逃出黄世仁家喊出："……想要逼死我/瞎了你眼窝/舀不干的水/扑不灭的火/我不死，我要活/我要报仇我要活"的呼声，再到《雷锋之歌》——

是你，
还是你呵
——中国！
让我一万次寻找：

> 　　是你，
> 　　只有你呵
> 　　——革命！
> 生，一千回，
> 生在
> 中国母亲的
> 怀抱里，
> 　　活，一万年，
> 　　活在
> 　　伟大毛泽东的
> 　　事业中！

　　几十年风云多变，诗人的心不变。若这不变而写出的诗是一个模子里的模式，它也就失去了作为诗所存在的意义了。但它们分别表达出的投奔革命、反抗压迫到以高度自觉献身于祖国和革命事业的赤子之情，正是三种完全不同的典型环境中的典型诗情。若不能艺术地表现出这之中不同的变化，就不是艺术，不是诗；但在这些相异之处若不能体现诗人的人生之不变处，那就不是贺敬之的诗了。他，从人民被压迫被剥削，到"变"为当家做主的人，他都是不变地同生活结合，同时代结合，以诗为他们的愿望和利益歌唱，这，就是持"需要新的看问题的方法"论以"变"色者所不理解的了。这，就是贺敬之的诗有别于疏离人民和时代的诗所具有的价值和思想魅力。

　　同时，为使自己的作品服务于人民，贺敬之在探索诗的民族化上，有他自己的路子。在他到延安前和在延安的初期，他的诗的形式，是接近"七月"诗派那种在30年代由艾青等开拓成为朴素、自然、明朗、接受人民的苦难和斗争的磨炼的歌声，这，自然不是新诗民族化的异己，它以此形成的、中国自由诗的战斗传统，从另一个方面讲，也是新诗民族化的重要内容。然而，新诗的民族化，也绝非单一的形式问题。如果说，贺敬之早期的作品，还不在于它形式自由，而是感情、语言、节奏的跳跃更接近知识分子的欣赏习惯的话，那么，在主要是农村的根据地，读者也主要是农民和放下锄头的士兵的话，为了使自己的作品进入到群众之中，诗人又确实不能不考虑运用接近或"拿来"他们喜闻乐见的形式问题。《白毛女》的唱词是近似民歌的，加上曲调运用了河北民歌《小白菜》等，诗人的诗就更唱成民歌了。

什么花开花拦住路？
什么鬼怪要铲除？
蒺藜开花拦住路，
反动派鬼怪要铲除。……

——《七枝花》

这个紧打板儿来慢敲鼓，
开口要唱咱平汉路。

——《平汉路小唱》

前者的对唱，乃是各地民歌乃至戏曲中"对花"的形式的"拿来"，后者的"打板儿""敲鼓"，虽然和前者一样，没有将运用口语的自由束之于五言、七言的形式，也明显的是传统说唱词的格式。诗人对形式的探索，是有意义的。无怪他 50 年代有的诗行书写形式采用了俗称的"楼梯式"时，就有诗家研究马雅可夫斯基（В. В. Маяковский，1893—1930）对贺敬之的影响了。至于"楼梯式"的运用或"拿来"，要说与马雅可夫斯基无关是不可能的。但自 30 年代田间用"楼梯式"，到 50 年代郭小川、贺敬之、韩笑等对它的运用，多是用于长篇幅的政治抒情诗，尤其是郭小川的《致青年公民》等系列作品，那种对理想精神的向往、呼吁、召唤，而且，不论它是否叫朗诵诗，都是适合朗诵的。这就明显地看到，这种"楼梯式"在彼时彼地于这些诗人笔下发芽开花，确实是一种诗的契机与契合。如果说，早先如此"楼梯式"者还不可能完全避免对马氏某种形式外在模仿的话，那么，在贺敬之笔下，就是创造性的运用了。

……春风。
　　　　秋雨。
晨雾。
　　夕阳。……

…………

五月——
　　　麦浪。
　　八月——
　　　　　海浪。
桃花——
　　　南方。
　雪花——
　　　　北方。……
　　　　　　　　　——《放声歌唱》

作者极其简洁精炼地选用了一串双音词，在跳行之中都是春秋、晨夕的时空极大的跨越，是桃花雪花极其强烈的冷暖、色彩的对比。时空的空阔，语言的张力，都富有艺术感染力。这里，与其仅仅从书写排列形式看他的"楼梯式"，不如由它的艺术内蕴来分析更为全面。从它更能联想到元人马致远的名篇《秋思》："枯藤老树昏鸦，小桥流水人家，古道西风瘦马……"这种以善继善续的手法，将不同的景象既不用联系的词、语将它们维系起来，又引起读者对诗蕴的窥探和丰富联想。而且，贺敬之还将马致远的现成诗语纳入诗中："吓慌了/资本主义世界的/'古道——西风——/瘦马'/惊乱了/大西洋岸边的/'枯藤——老树——/昏鸦'"……只是古人写诗，不用标点，也不分行，更不会予以形式上的"楼梯式"罢了。再如——

看

五千年的
　　　　白发，
　　几万里的
　　　　皱纹
　　一夜东风
　　　　全吹尽！

——《东风万里》

　　梳妆来呵，梳妆来！
　　——黄河女儿头发白。
　　绾断"白发三千丈"，
　　愁杀黄河万年灾！

——《三门峡——梳妆台》

若说从"梳妆台"之名，想到梳头，想到头发，想到李白《秋浦歌》"不知明镜里，何处得秋霜"，而"白发三千丈"，这无边无际的夸张，一旦到贺敬之笔下便演喻为黄河无际无头的滔滔白浪时，反而感到这夸张和艺术的想象，就比"何处得秋霜"之三千丈白发，更适度、更有分寸。至于"五千年白发"自然也是从"白发三千丈"演化而来。人老头白，千年青史，五千年历史，"五千年的白发"，从书面的视觉直感，就生动、新鲜得多了。那"一夜东风"之"东风"，也不是指自然界的风向，而是有它特定含义的，如《红楼梦》里就有"东风压倒西风"的"东风"。因此，更重要的是，不论作者于诗的形式上是"自由"还是"楼梯"，只要接触到文本自身，就可以看到，这一字、一词、一典、一喻，都与中华文化紧系，所以，不论它用何种书写的排列形式，也只能认定：这样的诗是我们民族的诗。这一点，贺敬之于诗的民族化上，比之简单地从形式上的民歌体、诗词化，是更深刻、更成功地认识和创作实践。就是他写那打板儿敲鼓、说唱词式的《平汉路小唱》，也还有"红灯绿灯它来回的转，工人的血汗不住的流"这种非唱词化的叠映式意象。将"长辛店""琉璃河"以它相近的谐音称之为"伤心店"

"流泪河",以拓深诗之内涵的手法,都可以看到,贺敬之诗的民族化,不是拘于某种形式的模式,才能使之在思想和诗艺上,不断地得到发展和丰富。

而且,从诗的文本看,毫无疑问,贺敬之是一位饱含着诗的童心的理想主义者。而理想主义,又是诗的浪漫主义,是积极的浪漫主义的天然的基石。当然,在复杂的、严酷的社会生活面前,过浓的理想主义,是很容易暴露它的脆弱性的,但诗人以之为诗,他的浪漫主义,是有很诚挚的感情力量的。在一个欣欣向荣的社会,在指导思想解决了"歌颂"与"暴露"的问题之后,大量涌出颂歌,大多数却难以留存下来,就是缺乏这种感情力量。有的虽写诗,诗情难以飞扬;有的感情泛滥,诗情空阔,内容空泛。而贺敬之,也借助李白"黄河之水天上来"的壮阔、奇峭的意象,却改为"黄河之水手中来"以迸发他热情的浪漫,而在一般容易流于概念之处,他浪漫的热情又能以情入形——

> 党,
> 　　正挥汗如雨
> 　　　工作着——
> 　　在共和国大厦的
> 　　　建筑架上!
> 　　　　　　　——《放声歌唱》

这就是贺敬之系列长篇政治抒情诗没有随时而过、成为应景之作而在过来人心中都留有深刻印象之故。如果说,他语言骤进的节奏,增强了诗的鼓动、朗诵效果和豪情的表达,那么,《放声歌唱》中"省港大罢工的/呼号声,/在我们的/鼓风炉里/正呼呼作响,/南昌起义的/鲜血,/在我们的/炼钢炉中/正滚滚跳荡"的这种将历史与现实亦真亦幻交织的浪漫之中,交错的时空于语言的压缩和凝炼的力度,才是它节奏骤进的内核。《雷锋之歌》是没有以英雄事迹为连贯性情节叙事的。从某个角度讲,作者就是这首长诗的抒情主人公,是诗人对自身理想的歌唱。但,要是以自我为中心者作自我表现，那么，它就与现在这首《雷锋之歌》面目全非了。然而，诗人是以雷锋为"我们阶级队伍的/生命群山中——/一个高峰"，是"党的/摇篮中——/此刻，/又站起来/一个多么高大的/我们的/弟兄！……"者，在追随英雄的脚印并对英雄和英雄事业进行思考。诗人是将英雄的事迹放在诗后的背景中，又以英雄的精神长存于我们的事业中而诗化、崇高、圣洁。诗笔海阔天空，七大洲的风雨，都和英雄军衣的五个纽扣相系，是极其浪漫的联想，又是"失去锁链""获得整个世界"的事业极为具体的写实。这，也就是周恩来总理说的"我们的理想主义，应该是现实主义的理想主义；我们的现实主义，应该是理想主义的现实主义"① 之思想和艺术的魅力吧。

90年代，诗人不拘旧律，创作许多古体歌行式的作品，以其深沉赢得诗家甚高的评价，但贺敬之在新诗史上，毕竟是以他那么多篇政治抒情诗之创作，突出了他的诗名的。

---

① 原注：周恩来1953年9月23日在全国文代会上的报告。

编后琐语

2018年1月初，诗友李元洛曾向为他出书的责任编辑施柳柳建议：新出一部贺老敬之诗选，因为贺老已经多年未再出版诗选的单行本。1月19日晚，元洛转来施柳柳发给他的微信："贺老是中国当代诗坛的泰斗，诗歌语言朴实无华，感情真挚动人——《回延安》曾经是那个火红时代的强音，感染过千千万万的读者。《又回南泥湾》《西去列车的窗口》《三门峡歌》《桂林山水歌》《放声歌唱》《雷锋之歌》……这些诗歌作品都是人们耳熟能详的经典之作，曾经吸引过几代人的视线、影响几代人的精神生活。然而在图书市场上，贺老师的诗集很难买到。这对读者来说是非常可惜的。尤其是现在的年轻一代，需要重温这些经典之作。我们长江文艺出版社专注于精品文学图书的出版，散杂文和诗歌出版是我社的强项。我社的长江诗歌中心是国内第一家专事诗歌出版的机构，成立五年来，已成国内诗歌出版重镇……出版诗集获得各类奖项几十种……我们非常希望能出版一部贺老师经典诗歌的诗集。"所言极是。贺老为人，罡风劲节，世所共仰；贺老为诗，托旨深长，寄怀神圣；贺老为艺，追新创美，巍然如峰。我当即奉复："元洛老友好！微信收悉。好事一桩，对于中国诗歌、广大读者、作者本人都是好事！理当促成，我会尽力。"同时，建议元洛代为选编，出版社也希望他来承担此事。但元洛说他"今年尚有四本书"要编校出版，无暇他顾，力荐我来选编，且与贺老通了电话，得到贺老认可。近20年来，尤其是我退休（1999年）之后，与贺老交往渐频、过从甚密，也不好推辞，便遵贺老之嘱，对于编选事先有所考虑。

5月18日，长江文艺出版社社长尹志勇和责编施柳柳来京，要我陪同，一起登门拜访贺老，且就《贺敬之诗新选》达成如下共识：

一、选诗范围，尽量囊括贺老敬之同志从1939年至今2018年计80年间的全部诗作，以2005年1月作家出版社出版的《贺敬之文集》所收诗歌为主，参照2011年8月线装书局出版的《心船歌集》和2013年10月中国书籍出版社出版的《心船歌集（增补本）》（2015年1月再版），同时遍撷此前其著作未收之诗。

二、遴选诗作，包括其不同题材、体裁、手法、风格的作品，相类者则优中选优。尤其是不同体裁，如普通新诗、歌词、剧诗、政治抒情诗、叙事诗、楼梯诗、儿童诗、寓言诗、童话诗、讽刺诗，以及新古体诗等，以见诗人对于诗艺的执着追求和形式探索的突出成就。

三、作品反映中华人民共和国成立前后和改革开放前后的历史进程，其中涉及某些敏感问题，严格遵照中央文件精神进行选编。

四、作品分为上、下两册，上册为新诗，下册为新古体诗。所收作品，一律按写作或发表时间先后顺序，进行编排。

五、为了帮助读者鉴赏，对于用典较多或者难以理解的作品，特别是比较含蓄的以古喻今、借古讽今的新古体诗，适当加以注释。

注释计有三种：作者所加，标作"自注"；杨晓宇所加，标作"原注"；编者所加，标作"新注"（吸收了贾漫、丁正梁等同志的研究成果）。

六、选收诗作，经过94岁高龄的老诗人贺敬之同志亲自审订，并对旧作进行了某些修改，使之更加完美。

七、上、下两册均有附录，即贺敬之同志自谈创作和1997年周良沛同志选编《贺敬之诗选》（人民文学出版社版）时所作的代序，吴奔星、贾漫、丁正梁、高昌、易行丽评论，以及陆华、杨娟特为此书缩写的《贺敬之主要创作经历及作品》，以供读者参考。

特向他们及长江文艺出版社的尹志勇社长、施柳柳责编和作注的杨晓宇等的大力支持，一并表示衷心的感谢！

  限于编者眼光和水平，选本难免存在疏漏，切望听到读者的批评意见。

丁国成

2018. 7. 20 于山东乳山

2018. 8. 7 于北京潘家园